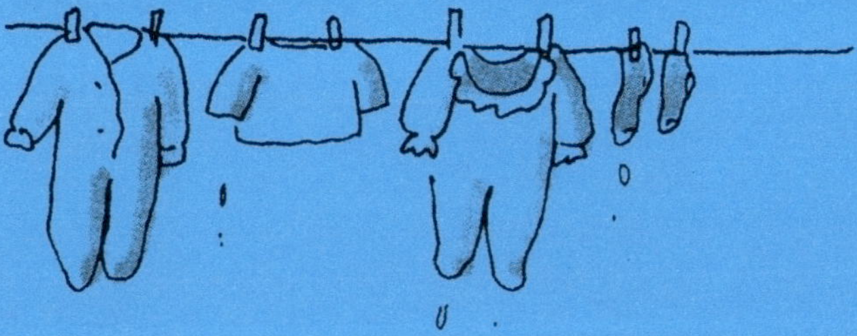

嗨，爸爸！

Mensch, Papa!

初为人父

Vater werden

[德] 凯斯特·施伦茨 著 赵蓉恒 译
[德] 德特勒夫·克尔斯腾 插图

上海译文出版社

目录

对合并智力缺陷或认知障碍的儿童，应根据患儿的具体情况令其接受特殊教育和训练。

成年癫痫患者如智力和行为正常，在劳动就业方面不应受到歧视。患者在选择职业时应充分考虑自身病情和能力的许可程度。避免选择驾驶、登高、电工、机器操作、炉前操作、水边操作及其他具有高风险性的工作，以免在发作时引发意外。

我国公安部第123号令严令禁止癫痫患者申请驾驶证；已有驾驶证者罹患癫痫，驾驶证予以注销。

12. 癫痫患者如何获得更多可靠的相关信息？

对癫痫知识的正确获得建议登陆中国抗癫痫协会网站www.caae.org.cn。中国抗癫痫协会是我国癫痫界最高级别学术组织，协会网站包括“会议纵横”“合作伙伴”“病友之家”“医生专区”等多个版块，内容丰富，是中国癫痫领域的门户网站，在此各位患者可了解到癫痫方面的正确信息资源。

1. 一个小小的蓝圈

——妊娠测试及其后果

我的儿子亨利是蓝色的！我第一次见到的他，是在一根细细的试管中一个小小的蓝圈儿。那时亨利虽然不过是吉莎子宫里的一小堆细胞，可是在这里，通过妊娠测试小试管里的化学反应显示出的蓝色，他却在明白无误地向世界宣告："*I'm on my way*!"①

其实我们原来并没有打算要孩子。或者更正确些说：我们本来的确是想要一个孩子，但什么时候愿意要却一直下不了决心。"唔，时机至关重要，"我俨然像个智者，带着一种老谋深算的口气说，活像《德龙布施》中的维塔·波尔②。

我从好多朋友那里得知，这个问题如果处理不好会引起麻烦。有的要孩子太早，如我的朋友戴德尔。他在参加了一次学校联欢活动后，在他爸爸的沃尔沃轿车里让女朋友怀了孕。这个戴德尔也许心想：小车里非常安全，什么问题也不会出。他们的孩子出生后一年，两人就分手了。另外我还认识一些总爱发布自己意图的宣言专家，这些人一而再再而三地宣称他们“肯定是要孩子的”，而结果到了某一天却发现：为时晚矣。“我们原来一直想要。可现在都已经是四十岁的人了，还行吗？你知道，生物钟可是个铁面无私的法官啊。”不，我们可不能落到这么个结果！然而难道非得现在就要？这样想时，我心里明白自己是在害怕没有勇气。因为“选择合适时机”的话的确是金玉良言、千真万确。我已经三十三岁，有固定工作，而且除了时不时犯点疑心病，有些疑神疑鬼毛病的典型症状（“唔，亲爱的，你是不是也觉得这颗痣比原来长大了些？”）之外，自我感觉颇为良好。吉莎当时二十七岁，在学习服装设计，她心里很有底：（有朝一日）自己是想要孩子的。

我们相处得也非常好。在共同生活了九年后，我们才决定当年初夏结婚。此外，我们身边的许多朋友像流水作业般一个接一个都有了孩子，我们每次听到都觉得：真棒！“我们也快了，”只要一抱起这些小宝宝中的某一个，我们就乐滋滋的、然而总有点皮笑

---

① 英语：我已经上路，就要到了！
② 德国一部家喻户晓的电视连续剧中的人物。

肉不笑地这样说。

在这种时候，我清楚地感觉到自己做父亲已经真真正正“成熟”了。想想胳膊上抱着一个小宝宝，品尝着他的一只小手攥着我食指的滋味——哎哟，那感觉简直美妙至极！以前，那些吃奶的孩子在自己心里是一些虽然可爱但终究是烦人的、只会大哭大叫的小淘气鬼，现在竟突然变成了向我发出魔幻吸力的小宝贝！我总是喜欢把别人的小宝宝抱过来，然后美滋滋地听人夸我：“唔，你真是会哄小不点儿呀。”唔，如果抱着的是自己亲生的孩子，那滋味不知又会好出多少倍去？——我经常这样自问，接着就越来越多地思考自己当了爸爸以后感觉如何，愉快不愉快。我的感觉是非常愉快，的的确确痛快极了。“不过或许还不必马上就要吧，”在想到痛快时，多半会有这样一个声音冲着我后脑勺，轻轻地发出警告。然而这声音是一回比一回小了。在街上，我一遇上童车就盯着看，还和孩子的妈妈们攀谈。我的朋友梅克使劲劝我赶快要个孩子，说他见我在大街上尽说些肉麻的废话真快要受不了啦。渐渐地我心里又滋生了一个野心：想猜中小宝宝的年龄。在经过了最初的一些失误后（“这小家伙肯定已经一岁了吧，是吗？”——“对不起了，她才四个月呢！”），我很快就在这方面非常拿

Der schwangere Mann

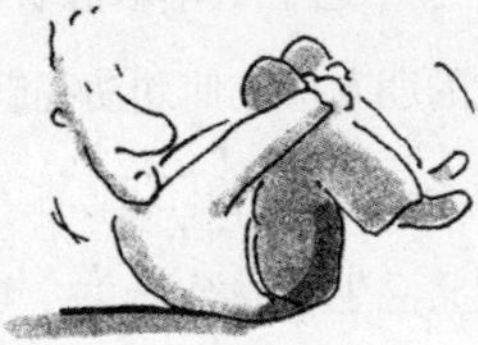

手，猜测的精确度多半可以达到仅仅前后相差一个月。有一次，一位年轻妈妈反过来问我：“您的多大了？”一听到这个问题，我马上体验到：被别人认为已经是爸爸，那滋味真是太滋润了！

我的妻子也有类似的体会。当她领着她的两个侄子——那两个头发金黄的小男孩在大街上散步时，总有人以为他们是她的儿子，这使她心中感到特别自在。总而言之：事实上我们俩要孩子的条件已经成熟！已经到了瓜熟蒂落的时候！

尽管如此，我们还是谁也不愿意说“我们别再避孕了，现在就生一个吧”这样的话。仅仅不那么认真做就是了。当我们觉得吉莎不会怀上孩子时，也就有较长一段时间（超过了送子麒麟准许的时间）不再使用避孕套。是啊，结果偏偏就有了。我们没有计划这个时候要孩子，但也不是一个心眼儿坚持避免要孩子。大概这就是对付那种无休无止的犹豫不决态度的最好办法吧。

吉莎的例假出乎意料地没有来，于是她以她特有的方式说：“虽然我不大相信，但我觉得我有可能是怀孕了，哦不，其实我是觉得我并没有怀孕，不过另一方面又觉得……”

我马上拔腿飞跑出门，去附近一家药房买来一套妊娠测试器。这类小玩意儿的绝妙之处就在于：使用它们时不需要任何第三者参与，就在一种仅仅是天知地知你知我知而且又十分轻松的氛围中得知：究竟真的有了，还是没有？只需几分钟就可以看到结果。就是说仅仅几分钟你就能知道你是否将成为父亲或者母亲了。这的确非常实用，简直可以说有点搞阴谋的味道。想想看，从前女人们必须很麻烦地去找医生，然后医生在检查完毕后说出诸如“祝贺您，您已经怀孕了”之类的话，好像女人是无线电收音机似的[1]。细想起来这事也真够呛：以前，第一个知道是否已经有一个孩子在半道儿上快要来到的，竟然是个身披白大褂的陌生人！现在有了这种妊娠测试器，终于可以保障父母的隐私了。

我们在卧室里将那个小细管儿支了起来，怀着激动的心情坐在厅里的长沙发上——等待着。三分钟后我过那边去，看到了小亨利即将到来的最初信息。我独自一人在那里站了一小会儿。“好了，老兄，”我心想，“现在真的到了节骨眼儿上了。你就要当父亲了。嘿，爸爸，爹爹，阿爸，Daddy。三十三岁当爹。唔，是件好事。”但紧接着又冒出一个问题：“不过，说老

① 德语原文 empfangen 有“接收”、“接受”和“受孕”等义。

实话难道你不觉得对于做父亲来说你自己现在也还是个淘气的大孩子吗？”于是这个问题随即被挂了起来，不了了之。

我跑到吉莎那里对她说：“你好，妈妈！”说实在的，这有点胡来。但是一个即将成为父亲的人，是会很快就说出一些以前绝对不说、做出一些以前从来不做的事情来的。吉莎一声不响、一动不动地坐在沙发上，有点惊异地微笑着。她的手不由自主地刷地一下移到了自己的肚子上。这个镜头我真恨不得马上拍摄下来，因为此刻我对吉莎完全另眼相看了。现在坐在那里的，不仅仅是我的人生伴侣，而且也是我孩子，不，我们孩子未来的妈妈。这时我一点怀疑也没有了：这个时机绝对是正确的。我才不管它什么淘气的大孩子不大孩子呢。跟这个女人有的这个孩子，我是要定了，比世界上什么别的宝贝都想要！我“嘭”地一屁股坐到沙发上，紧紧拥抱吉莎，像埃迪·墨菲[1]那样纵情欢笑和发出舒服的哼声。每当我非常高兴时，就都是这样表现的。吉莎说：“也许我们还真得再等等，到你长大了再要孩子！”

我们都笑起来。可是吉莎突然像有什么心思似

---

① 埃迪·墨菲（Eddie Murphy, 1961—　）：美国喜剧演员。

的：她一下子明白过来我们这时处境的不可逆转性。从现在起，倒计时已经开始。九个月后我们就将有一个孩子。要说做人工流产嘛，实在没有什么站得住脚的理由。就是说，她的身体现在发生了某种她自己已经无法左右的变化。而这个情况此时的确使她有些害怕。“我就要生孩子了，”她说，“这听起来难道不是挺可怕的吗？”但是当天晚上这种惧怕情绪就渐渐地烟消云散了。我们俩又在沙发上坐了许久。就这样静静地待着，细细地品尝、享受这纯净的两情相依的美好滋味。

起先我们不打算把这件事告诉任何人。吉莎怀孕这个情况，按我们的想法在短时间内应当是一条我俩独享的纯属私人的秘密。可是只过了一天我们就再也憋不住了：希望与别人共享这一喜讯的冲动终归还是占了上风。我简直是迫不及待地打电话告诉了我的父母。他们早就希望抱一个孙子，但也需要一些时间作思想上和心理上的准备。我想出了一个绝妙的高招，我在电话里对我妈劈头讲的第一句话就是：“喂，奶奶！”她当然马上就明白了我的意思，高兴得一塌糊涂，当即对着我爸大叫：“喂，爷爷！”这样一种语气和措辞，似乎就是我们家的家风吧。

吉莎也给她的父母打了电话。她妈妈听说不久就要抱第三个外孙高兴极了。还有她父亲，想当年我刚开始工作就成了他女儿的男朋友时，他还认为这个最小的女儿完全找错了对象，现在也高兴得不得了。附带说一句：后来渐渐地我同这位未来岳父之间的关系就磨合得不错了。

接着我又给小老鸭打了电话。这是我的弟弟。他本来的名字叫格拉尔德，但大家都管他叫小老鸭，因为他从前看过好多好多讲述唐老鸭故事的画册。读者，请您猜猜看我在电话里是怎样对他说的？完全正确！“你好，叔叔！”

小老鸭消化这个消息所需要的时间稍微长了一些，因为我们两人经常在电话里先互相给对方加一大堆乱七八糟的称呼之后才谈正事。当我毫不含糊地告诉他：他千真万确要当叔叔时，他立马便高兴得欢蹦乱跳，满口答应一定要认认真真做好叔叔应该做的事，准备马上赠送他的侄子或侄女一大堆唐老鸭画册。

之后我便打电话给我妹妹，同样收获了一连串兴高采烈的欢呼，我感到无比骄傲。想一想其实到底有什么可骄傲的呢？说起来到目前为止我根本就没有什么辉煌的成就。但是，我发觉从这一天起，自己身上有了某种重大的变化。最终，告别孩提时代的时刻即将来临了。妈妈、爸爸、婶婶、叔叔，这些称呼是我们兄弟姐妹几个小时候，甚至长大了以后都还在使用着的——用在比我们年龄大得多的人身上。可现在它们要被用来称呼我们自己了。我们长了一辈。我已经透过想象的眼睛看见了我们这批人在家庭聚会上的情景：各人都抱着自己的孩子，以慈爱的目光低头看着侄女和侄子们，嘴里说着“哦，你长大了”或者“瞧，彼得长得多快”之类的话。这就是说，我们讲的也完全是那些自己从前总觉得非常没劲非常腻味的套话。

这一天向亲朋大肆宣扬这个消息的狂热劲儿到现在还没有过去。轮到吉莎打电话给她的兄弟姐妹了。她大姐布丽达表态说，我们有了孩子“真是太好了”，这话吉莎听了有点生气，因为大姐的话虽然充满了喜悦和良好愿望，但她还是听出了其中含有一点点居高临下摆老资格的味道。因为布丽达已经是两个顽皮的男孩和一个可爱的女孩的母亲了，当然有更多丰富的经验。她希望我们赶快去向那些“有经验的父母”取经，求得各种各样的好点子，就好像笨头笨脑的新门徒需要一些睿智的、和善地微笑着的长老为他们指点迷津似的。后来我们完全照她的嘱咐去做了。

那时候我还想不清楚做了父亲之后一切可能会变

成什么样子。我晚上下班回家时总在想：以后摇篮会摆在哪里？我回家时我们的孩子是正在睡觉呢还是醒着？吉莎坐在长沙发上喂奶时会是什么模样？这些全不是什么关系到国计民生的大问题，可是当时我脑子里成天转来转去的正是这类问题。接着，又一件激动人心的大事来了。

在一次生日聚会上，我们的朋友海柯给了我们一个惊喜：他告诉我们，他在我们梦寐以求的汉堡近郊那个村子里发现了一幢待售的房子，这房子对我们正合适。听到这个信息我们立马开拔前往，而当我们面对着那幢盖在一大块散发着乡野气息的地基上、四周全是绿油油的草地的小砖房时，心中马上就有了底：就是它了。当时我们对抵押贷款、利率和筹资模式等等名堂还一窍不通，实际上连购房到底要做哪些事情

都一无所知。我真是有点害怕走这步棋，害怕欠债，害怕必要的改建装修，害怕没完没了地同房产中介、所谓的“售房人”以及律师们约见谈话。另外，我当时还正在试着习惯荣升准爸爸这一转变，没有那么多余力去管这些麻烦事。要是吉莎不是那样认死理非买不可，也许我就溜号了。好了，话说回来，我们飞快地学习那些购置房地产所必需的知识，每天晚上都在文件、契约堆里度过。现在我的生活开始变得不那么轻松愉快了：心急如焚地等着做爸爸外加买房的啰嗦事。吉莎为了让我重整旗鼓振作精神可费了一番力气。“房子，”她说，“如果我们不中意，以后总还可以再卖掉的，我们的孩子也可以在别处养大。好多人也都是这样做的嘛。”唔，你说的倒是不错，我心想，可人家的脑袋瓜要比我灵光啊。

2. 我现在必须严肃起来吗?

——头几个月

吉莎坚决反对任何草木皆兵式的过分关心。她觉得这样的做法真是太可怕了：在怀孕的第一个月人们就忙着塞软垫给她当靠背，或者大惊小怪地一面说着“哎哟，孩子，这对你可太厉害了点！”一面把一杯可乐从她手里夺走。

我们认为一切都应当尽可能维持正常。所以我的感觉是吉莎孕期的头几个月相对说来没有什么大的起伏波动。我的妻子既没有不断呕吐，也没有——除了少数例外——表现出任何产前抑郁的症状。她的身体和情绪根本就是非常好。得了忧郁症的反倒是我！因为，在认识到自己即将做父亲后，我对自己今后生活——人们客观冷静地称之为“生活蓝图”——的冥思苦索便随之而来。当我坐在自己房间里思考未来时，突然看见自己面前挂起了一块牌子，上面有一行大字赫然写着：**“职责，孩子，你现在要承担一些职责了！”**而当我晚上躺在浴盆里想着自己在职业上本来还打算在某些方面一试身手、无论如何也总还想再换一次工作时，澡盆后面便又有一块匾牌浮现出来，上面写道：**“老兄，你还有可能去冒险吗？”**

毫无疑问：我再也不能大大咧咧、随随便便地过日子了。短短几年前，我还是那个传奇式的“萨多波伊”乐队的打击乐手，可现在我却得考虑有关签订购房贷款合同以及买五斗柜放尿布等问题了。我渐渐明白过来：现在我那张隐藏在内心深处的名片上，除了“记者”、“自觉的胡诌专家”、“一败涂地的音乐家”

之外，还得加上两个俗不可耐的头衔：“抚养人”和“家长”。而这，我反复想，说明重担在肩、责任重大。在这种情况下我就不能再说：现在干脆把眼下的工作一股脑儿甩开，去干点什么别的得啦。我的朋友米歇尔觉得我的问题很好笑：“说句老实话吧，”他说，“人一辈子究竟有几回把自己本来干着的事情一股脑儿甩开去干别的？恐怕永远没有这种事。特别是你不会这样干。”他最后又特损地加上这一句，显然是在影射我那趋近于零的冒险精神。但是我毫不让步。“可是，谁要是仅仅对自己一个人负责，那么只要他乐意，他就有可能把一切甩开扔下不管，这难道不是太棒太棒了吗？遗憾的是一当上了爹，这样的好事就没了。”

“你不会感到遗憾的，”米歇尔说，“当爹以后你压根就没时间再去想这档子事了。”他这话不是随便说说，而是有根有据的。当时，他已经有两个孩子（现在是三个了），而且——一如既往——一贯正确。

事实上，自从我们的儿子出世以来，我也几乎一次也没有想过这个问题。我想得更多的是与此完全不相干的、在亨利出生前根本提不到议事日程上来的问题，那便是：我是否能做个兼职的家庭妇男？我一再问自己：你真的愿意继续整天上班而仅仅每天晚上那一丁点儿时间和周末才能看到自己的孩子吗？这是一方面，而另一方面是明确的回答。换句话说，作出决断的过程还在持续。

当吉莎怀孕成为毋庸置疑的事实时，我们就必须解决未来的角色分配问题了。对于我们来说很明确，两人中无论如何必须有一个经常留在家里，至少要到亨利能上幼儿园为止。吉莎是专科学校毕业的裁缝和服装设计师，这两种职业通常完全谈不上工资优厚。此外她当时正在大学学习服装设计专业，对先休学一段时间她不反对。我呢，当时是《布里吉特》[①]杂志的编辑。毫无问题，我可以承担家里的大部分体力劳动，也将从此成为我们家里唯一挣钱的人。我得承认，我当时觉得这一决定是非常非常正确的。那时令我庆幸的是，所谓的外界压力促使我们没有费太多的周折就作出了那个决定。因为，当时要我当一名家庭妇男我是怎么也想不通的，而说句心里话，就是今天我也还是不那么心甘情愿（尽管比以前有了很大的进步）。我当时的的确确想做一个模范爸爸，对家里的任何事我都可以“大包大揽”，这是不成问题的。但是如果要我放弃自己的工作，那我就会感到相当为

①《布里吉特》：德国著名的妇女杂志。

难了。现今情况已经有所不同。

现在我虽然也仍然不愿放弃我的这份工作，但是有朝一日来个只工作半天，然后回家去接吉莎的班——这倒可以考虑作为未来的一种模式。在我的朋友圈子中，有不少当父亲的也已经逐渐改变了他们对传统的家庭内部角色分配的看法。至少那些想参与对自己孩子的教育和成长过程的父亲们是这样。角色重新分配之后，一个职业父亲失去的东西是相当多的，有时简直让人一想起来就要号啕大哭。但是也有一些很好的招数，照着去办至少可以稍稍弥补一下这方面的损失（参见第二十章“你现在心里只惦记着孩子”）。

幸好当时我的妻子并不反对将她的工作搁置几年，做一个专职母亲和家庭主妇。直到今天我们对作出这样的安排仍是满意的，日子过得挺不错。然而我们却发现两人都必须作出很大的努力去支持对方的工作，不要太看轻对方在日常生活中的付出。关于这个问题，下面还要再多说说（见第二十一章“我们会变成小市民吗？”）。

好，角色分配问题算是暂时地获得了解决。我们可以着手考虑下一步的措施了。相关的书籍买了不少。我们如饥似渴地阅读了无痛分娩法的先驱之一——弗里德里克·勒波瓦耶的著作。即便这位老先生在用词方面有时让人感到套话过多，而且文风有点古怪，但他那部经典作品《柔顺的出生之路——无暴力分娩》却绝对是每个即将做父亲的人的必读书，它能让这些准爸爸们为不久的将来作好充分的思想准备。至于读完本书后有哪些是真正可以付诸实行的，那就完全是另一个问题了。伴着烛光——腋下夹着勒波瓦耶的作品——我们畅想着将来如何非常“柔顺”地把我们的孩子迎接到这个世界上来的情景。在我的脑海里，即将出生婴儿的模样，缓慢地、轮廓逐渐分明地浮现了出来。我试着设想他（或她）会是个什么样，翻遍了自己儿时的相册，时常沉浸在绚丽多彩的遐想中，想象我们未来三口之家的生活。当我们俩晚上坐在那张用旧了的沙发上看电视、看书或者听音乐时，就都想象着孩子坐在我们两人中间的情景——一个胖嘟嘟、软绵绵的小不点儿，那副模样逗得我们直乐。我不知道为什么偏偏是这样一个形象始终牢牢扎根在我的脑海中。这或许是因为我在一天工作之后回家总是这样和妻子一起在自己的沙发上亲密地偎依着、享受温馨的夜晚（现在也仍然如此），于是把孩子作为一个完满的补充了。

一直到怀孕第三个月末尾，吉莎的身子都没有太大的变化，至少从外表上看是如此。在我看来她仍然是原来的她，还丝毫没把她看成一位母亲。

尽管如此，我们还是觉出自己已经开始发生重大变化了。以前我对童装是视而不见的。现在不同了，我每到一个商店橱窗前就驻足逗留，考虑也许可以从中挑选一两件买给我们的孩子。怎么说我也想在孩子衣服的式样、格调方面有点发言权，提出自己的重要意见吧。玩具店以前我也一直很乐意进去看看，现在则成了每次逛商场时的必去之地。在这里，我们提前开始有了一点小小的冲突。吉莎比较偏爱富有教育意义的、带优质标志的玩具。我则计划搜集一批中生代蜥蜴玩具系列。我觉得收集一整套包括各种各样的怪兽在内的玩具对孩子具有根本的重要性。“孩子们需要的是远古蜥蜴。这是我在一位心理学家的书里读到的，”我为自己辩护说。然而书里说的其实是“孩子们需要童话”，这一点我后来敌不过她的严词追问被迫老实交代了。不过，童话里毕竟还是会出现各种各样的龙嘛！

当然，在一周岁以内亨利的玩具库存本来也就只限于拨浪鼓、游戏圈、玩具汽车和玩具钟表。

这段时间吉莎像疯了似地拼命缝呀、织呀。作为一名专业裁缝，她特别满意的是现在做起“迷你”

服来简直只需要一眨眼的工夫。“现在你看看这条裤子吧，”她经常说，一面把许多微型裤中的一条举给我看。“这是我今天早上刚刚裁出来的，这会儿已经完全做好了。”可惜我没法说服她：要是买一套小小超人装，包括一顶红帽子和一件蓝色的婴儿连衣裤，前胸还织上了一个大大的字母“S”[①]，那真是绝妙！小男孩和小女孩穿上一样让人拍案叫绝！“孩子连一半人形都还没有长成，你就已经在拿他逗着玩儿了。”她不以为然地说，于是我们这个话题就这样划上了句号。可是我还没有认输。将来到亨利第一次过狂欢节时，我一定要排除各种阻碍为他买套超人服！

当然，那时候我们还不知道来的是男孩。我们两个总是一再对自己说，男孩女孩对我们来说的确无所谓，都一样。我们经常说的话就是：“只要健健康康就行了”——像大多数父母那样。吉莎对这一点显然确实无所谓。而我呢，（差不多）也是如此。但我心底里却悄悄怀着一丝希望：但愿是个男孩！要说我很看重这个问题嘛，那倒真是不符合事实。但是——我这样想——，我本人就是我父亲和我母亲的儿子呀。

① 字母“S”：英文“Super（超级）”的首字母。

所以说我总归觉得在男孩有什么样的自我感觉、他对父亲有哪些期望方面自己发言权要稍微多一点。当我到底还是鼓起勇气同吉莎谈起这一思想时，她先是皱起眉头，过一会儿终于笑起来，说道："你这个人又不会踢足球、又不会修我们家的汽车，而且连在墙上敲颗钉子也几乎总是把钉子砸弯了。如果来的是女孩，你在起模范作用这个问题上不就真正轻松多了吗？"这时我有一种倒霉透顶的感觉：我那些关于做男人、做男子汉的思考，在这里根本得不到重视！

孕期快满三个月时，除了我们自己还只有我们的父母和兄弟姐妹知道吉莎怀孕的事。现在渐渐到了应该告诉朋友们的时候了。

最合适的时间我们觉得是在婚礼仪式以后。“不然在婚礼上我就尽得听那些关于孩子的废话，只顾得上回答是不是老恶心想吐那样的一些问题了，”吉莎说。“所以我们还是等婚礼过后再让他们知道吧。”

这个婚礼真是让我们费尽了心神。在这里，常见的那种由于跟父母和亲戚意见不一致而来的气恼我们也未能幸免。大概社会学家们将在近期发现一条不为人知的隐秘法则吧：在这一法则的作用下，父母和子女在婚前必定吵嘴。但是，同朋友和家人同乐共庆的盛大婚礼本身，倒是一次热闹非凡的聚会，于是，在情绪极其高涨的气氛中我们便把怀上孩子的事悄悄告诉了第一批朋友。已经有孩子的朋友听了非常高兴，说了些诸如“欢迎加入我们俱乐部”或者“你们也早该有了”之类的话。没有孩子的朋友听了也很高兴（当然更多的是为我们感到高兴），然而在祝贺之后还是非得说上一句诸如“这回又少了两个有共同语言的人了”这样的话才肯走开。我的朋友乌尔夫（无孩子）向我道贺，然后又说：“衷心祝贺你这下子很快就不会再一觉睡到大天亮了。你将赶不上参加牌局，而是要没完没了地同别的父母谈论裤子究竟是买布做的还是买纸做的更好。”他说得对极了。不过打扑克牌我倒也并不至于会耽误。不管怎么说人总得对得起自己吧——至少是部分地做到这一点。

3. 博克希尔德、贝尔托德、巴尔特

——关于起名字的讨论

“叫巴尔特吧，”我母亲说。“如果生个男孩，你们可以管他叫巴尔特。”可以想见，在头几个月里大家就热衷于给孩子起名字，每人都提出了一些建议，其中一部分非常邪乎。刚才说了，我母亲郑重其事地建议把孩子取名为“巴尔特”。她说这个名字很少见，听起来也很美。很少见倒是一点不错，但是我们觉得它听起来像是一条狗的名字。我这样说丝毫不是想怀疑我母亲在取名方面的权威地位。无论如何是她为我选了凯斯特这个名字，而对这个名字我一直是满意的。可是“巴尔特”行吗？

此外，很少用到的、带有异国情调的名字——尽管优点挺多——也会带来一些取名之初往往意想不到的麻烦。在新结识某个人时，这种名字总得重复好多遍才能记住。如果学校来了个新老师，有这种名字的

学生起初就老是在课堂上被提问，因为老师对像巴尔特、奥纳或者齐普这些生僻名字印象较深，一下子就记在脑子里了，于是往往脱口而出。所以谁要是不想被老师提问的话，谁就会毫不犹豫地愿意叫彼得。我是有切身体会的（“唔，好了，谁到黑板前面来？哦，对了，凯斯特，请到前面来！”）。

另外少见的名字还常常容易写错、说错、被掐头去尾或是遇上更倒霉的厄运。我的一个朋友起了个印度名字：Vinod（维诺德），他的姓是 Sodhi（索迪）。有一次他在学校手球比赛中射门进了两个球，一位本地记者就把这个名字记了下来。你猜第二天报纸上登出来的是什么？请看：“Kinad（基纳德）和 Sadi（萨迪）各进一球。”

就是这么有意思。我还认识一些人，他们曾给女儿起过 Zoe 这样的名字。这个字的读法是“So-I（佐伊）”。可是鬼才知道这一点！于是这孩子老是被人叫做“Tso-e（措厄）”或“Zoe（策）”。这样的叫法时间长了真是烦死人。而她父母在起这个名字时，肯定是满脑子善良的愿望。

姓氏总归还要同那备受欢迎的充满异国情调的名字互相匹配才行。不然就真可能搞错而贻笑大方。某些组合的确让人听了感到不伦不类：Anastasia Meier

（安娜斯塔希亚·迈耶尔），Jacqueline（沙克林内），Schlonz（史龙茨），Brutus Müller（布鲁图斯·缪勒）或者 Desdemona Petersen（苔斯德梦娜·彼得森）——这些名和姓连在一起听起来难道不是很别扭吗？

我们找了又找，找了又找。是弗里茨还是约翰娜？是曼戈尔德还是玛尔塔？是保尔还是珍妮？

在讨论起什么名字的整个过程中，我其实是占有很大优势的。由于我们两人在结婚之前（当时生效的还是原来的老姓名法）总是不能就谁放弃自己原来的姓达成一致，我便在经历了十分艰苦的思想斗争之后决定做一个现代派的男人：放弃自己的姓。当然，也不是全部放弃。这样一来我便有了一个可怕的复姓[①]。实际上我是姓施伦茨-施泰因吕克的，但这个姓氏我只在和政府部门打交道时才使用。而我们的孩子则将要姓施泰因吕克。看来这已经是铁板钉钉、无法挽回了。由于我那个勇敢的放弃行为——它曾一度使我的父母颇为不快——，我便可以在道义上获得

① 根据该姓名法，结婚以后夫妻应使用统一的姓，可以是男方的姓，也可以是女方的，由未婚夫妻商量决定后于结婚时将结果告知婚姻登记处备案。如不通知，登记处即以男方的姓为婚后夫妻统一的姓。另外，如果决定女方的姓为婚后统一的姓，则男方还可以将自己原来的姓加在前面成为复姓。

我们管他叫
“泰山”吧。
哇哇！
哇哇！

一种权利：至少在选择名字的时候不必再度吃亏。我就是带着这一决定性的优势参加取名角逐的。起初我们还开了一些玩笑，比如我建议给孩子取名“博士”，说这样一来他（她）岂不就根本不需要去上大学了吗？然而渐渐地我们便看清楚了：找一个合适的名字远不像我们原先设想的那么容易。

起一个眼下正流行的时髦名字吗？我们觉得这完全不能考虑。我现在还记得小时候上学时每个班都有三个托马斯，四个萨彬娜，五个米歇尔和两个彼得拉，这事让我们小学生都觉得没劲透了。今天已经做了父母亲的这一代人，他们的孩子上学时班上仍会有那么多帕特里克、戴尼斯、玛丽亚、法比安和桑德拉的。某些名字说不出道理就是很火很“潮”。在这种情况下，如果不想让你的后代从幼儿园起就只能靠在名字后面加一个号码来与别人区分开，那么你替他起名字就得注意点儿。我们不会这样，我们需要的是一个女孩名和一个男孩名，它应当是新颖少见又不能过分标新立异，听起来很悦耳又不能太花哨，要短一些，又不要只有一个音节——换句话说，我们是要求十全十美：做一件做不到的事情。

“我对你们这类人作过透彻的剖析，”谈到这个问题时，我那位很有学问的朋友克劳斯用一种作学术报告的腔调说："给孩子取名，对于中产阶级人士来说有着一种增加体面、提高社会地位的作用。像你们这样的人家，为自己的孩子找一个响亮而罕见的名字能让自己从小资产者的圈子里跳出来。但是，基于共同的文化背景和文化素养，你们选择的名字却恰恰与本阶级其他成员所选用的完全相同，从而恰恰丝毫不差地证实了你们自己作为小资产者的社会地位。"

我们当然严厉驳斥了这种充满学究气味的论调。可是从此以后我也开始比较深入地思考人们为孩子取名究竟抱着什么目的这一课题。克劳斯的论点确实有一定的道理。是的，人的确很乐意听别人夸他找到了一个响当当、非常少见而同时又很实用的名字——这样便满足了自己的虚荣心。

"可是说到底，有一个好名字对孩子总是有点益处的吧。"我们最后给讨论中的各种意见作了总结，然后甩开知识分子特有的一切缩手缩脚、瞻前顾后的恶习，无所顾忌地继续搜寻了。

出于策略上的考虑，我先是故意提出一些颇为荒谬的建议：库尔特、阿策、爱莱克特拉、博克希尔德以及迪特尔。

吉莎提出"莱纳斯"，把我的一大串待选名字比了下去，她真的觉得这个名字很好，尽管它显然同

《花生漫画》[1]故事中那个离不开他那条毯子的人物重名了。我反正觉得向一些红人、明星、小说形象或者连环画故事中的英雄借用名字不大合适。我们的一个女相识在读了畅销书《指环王》[2]后，打算给她儿子起名“甘道夫”，老实说这简直让我有点儿恶心。

“就叫‘小孩子’吧，”到末了我筋疲力尽地建议说。“要是我们的意见总是不能统一，那干脆就管他（她）叫‘小孩子’好了。”

最后还是多亏了我姐夫古纳尔的女友，才使这一僵局得到了部分的突破。她是荷兰人，有一个非常迷人的名字：安妮柯，并为我们提供了一本荷兰人名大全。啊，那是一座多么丰富的宝库！我们从这本书中立即找到了一个我们喜欢的女孩名字：玛丽柯。如果生女孩，就叫这个名字。但是接下去想找到中意的男

---

① 《花生漫画》：美国漫画故事名，作者：查尔斯·舒尔茨（Charles M. Schulz）。这部作品从上世纪 50 年代至世纪末流行于世界几十个国家，被译成 20 多种文字在两千多份报纸上刊载，其电视动画版本也受到亿万观众喜爱。莱纳斯为漫画故事中的一个人物，他“似乎永远都离不开他的毯子”。

② 《指环王》（The Lord of the Rings），又译《魔戒》，英国史诗奇幻小说，作者：J.R.R. 托尔金（J.R.R. Tolkien，1892—1973）。小说讲述人民誓死抵抗黑暗追求自由的故事，已被译成 60 种语言在全世界广为流传，还衍生出音乐、广播剧、电视剧、电影等各种其他艺术门类的作品，拥有极广大的读者和观众群体。

孩名就困难一些了。荷兰也帮不上忙。后来在读一份报纸时才终于遇见了救星：我碰上了那个很好的老名字“亨利”，当即拍板：就是它了！对，亨利·施泰因吕克。这听起来难道不是很像某一位未来的北德意志小说家的名字？它难道不是既简短又悦耳？既脚踏实地又微露勃勃雄心？吉莎反对。她说“亨利”这个名字不是老，而是老朽。然而我寸步不让。我已经放弃自己的姓了，这是我现时巨大的优势所在。后来，有一天吉莎终于送给我一块围嘴儿，在上面绣了“亨利”的字样。虽然这个字后面画了一个大大的问号，但这肯定是她同意之前的最后一点犹豫了。大局已定。我们的孩子是女的就叫“玛丽柯”，是男的就叫“亨利”。这就是说，“巴尔特”还是没用上！

4.（没）有第三者

——孕期及分娩后的性生活

怀孕使女人变得性感起来。这一层是我原先完全没料到的。吉莎怀上孩子后，两个小乳房突然变得奇大无比。我并不是说，在它们小的时候我就不喜欢。但是作为一种变换，对于此时出现在她身上的这种暂时的索菲娅·罗兰式胸部我也没有丝毫反对意见。另外我觉得她那柔软、浑圆的肚子，也散发出不少诱人的肉感。再过一段时间，到孕期最后几个月，当它变成一个硕大无朋的紧绷绷的圆球时，我虽然不再觉得它绝对性感，但仍然觉得是温存、爱抚、亲昵的极好对象。总而言之一句话：对我来说，做到带着跟怀孕前完全相同的激情去渴求妻子的肉体实际上并没有什么困难。幸运的是吉莎的感受也和我完全相同。同许多女人一样，她在怀孕期间性欲甚至比以前更加旺盛。原来，妇女的生殖器官由于怀孕而大大充血——

这就能刺激起女子的性欲来。《双亲》杂志曾非常确切地描述了这种状态："（妇女的）性器官（孕期）比怀孕前更为湿润，蕴涵着一种潜在的脉动，这种脉动感一般也就是性欲冲动的最初迹象。"但是尽管有这个极好的条件，过不过性生活对于即将成为父母的青年夫妻来说仍然是一个大难题。我们俩也是费了一些时间，才完全消除了紧张、对这一新情况能够应付裕如的。如前所说，我们两个都有性欲。但是在怀孕期间我们究竟可不可以做爱？不管怎么说，我们当时心里对这一条都丝毫没有把握，因为我们曾经听说孕期性交可能对胎儿造成伤害。因此我们便四处打听了

解，而了解的结果竟是：完全可以。原来，大部分关于孕期性生活有害的吓人故事通通不过是信口胡说，这里有一多半是愚昧的偏见作怪——或者是已经过时的医学观点。这里诚然有少数例外，但是据《双亲》杂志所说，“对于孕期反应正常、经检查子宫颈口亦属正常的妇女，则一直到预产期之前都完全可以性交。”只是不要恣意纵欲罢了。胎儿被子宫里一层厚厚的羊水膜包裹着，而子宫又处于坚韧的肌肉层保护之中。这样，该杂志说，正常的性行为所产生的碰撞和震动就能够毫无困难地被阻挡和吸收。上楼梯和开车，对腹内婴儿也同样具有类似的“激活”作用。

另外，不少人担心母体内的婴儿可能由于性交或口交而受到病原体感染，这种惧怕心理也是没有根据的。妊娠初期，子宫颈口会长出一个难以穿透的屏障——一个防护性的包块，被不大好听地称为“黏膜栓块”。胎膜本身有子宫壁很好的保护，即便是粗大的阴茎也不可能使它破裂。阴道的形状也能阻止这种情况发生。然而许多孕期妇女担心性高潮时子宫的阵阵剧烈收缩有可能损伤胎儿或引发早产。这一点原则上也不是什么问题。性欲冲动以及女性的性高潮导致子宫大量充血，这对胎儿来说总是有好处的。不过，担心可能诱发早产倒不是完全没有道理。具有早产倾向或是有可能突然大量失血的妇女，最好在妊娠期间不要性交，不要达到性高潮，因为她们在一定的情况下的确有可能因此而早产。至于孕期过后是否需要继续放弃性交，这就要由医生来决定了。对于所有其他妇女来说，性高潮时有节奏的子宫收缩并无任何危险。不过我在此必须补充一下，根据学术刊物《医学论坛》较新的一篇报道，妊娠期第九个月在性生活方面应当有一点小小的限制。根据美国科学家们的一项研究结果，虽然常见的性交姿势如“女上男下”、“男女侧卧”和“男女俯卧”被证明为没有问题。然而恰恰是在孕期末尾使用最标准的姿势（即男上女下）蕴涵着一定的危险，可能导致早产或胎膜过早破裂。但是科学家们要在继续进行一定的研究之后才愿意对妊娠后期的性行为提出比较具体的建议。不过，第九个月放弃“男上女下”是不会有多大问题的。由于这时女人肚子很大，使用这种姿势反而不太方便。

话说回来，在对这个问题进行了深入细致的调查之后我们心想：这真是太好了！一切都可以照旧。此外我们也很高兴现在终于可以丢掉那些非常别扭、令人苦不堪言的避孕措施。这样一来性事将会更加轻松。不过，事情一开始时总还是不那么顺当。知道妊娠期间性生活从理论上讲毫无问题只是一方面，另一方面则是心里有一种可以说是很奇特的感觉：总觉得现在妻子的肚子里有个小不点儿的孩子在一天天长大。就是说，有个第三者在里面。于是我突然害怕起来，生怕所有激烈的、纵情而为的动作会造成祸害，因为我想：这样做怎么说对一个小小的胎儿也是不合适的。前面已经说过我对妻子是有欲望的。但是我需要一些时间，才能做到不再被吉莎肚子里有我们的孩子存在这一事实所分心。我妻子的心理与我类似。特别是当亨利已经在肚内动起来时，我们俩开始时都觉得在一起睡觉未免有些滑稽可笑。但是这种感觉很快就过去了。尤其是我们在孕期培训班上课，得知完满的性生活对婴儿的心理素质甚至会有积极的影响之后，就更加坦然了。

可惜别人在这方面困难要大些。比如我的朋友贝尔托德，他妻子的肚子一开始大起来他就不愿意再过性生活了。“这不像是个不受欢迎的第三者吗？”他这样认为。他说，他一想到自己在把阴茎向着自己未出生的孩子捅去，就怎么着也觉得有些可怕。我跟他说多少关于那个黏膜栓块的好处也没有用。幸而他的女友同他的感受差不多，于是暂时的性冷淡对双方就都没有什么妨碍了。正是在肚子大起来的时候不少妇女显然对激烈的性行为，特别是对性交不再有太强烈的欲望。虽然如前面已经提到的，她们不一定非表现为冷漠被动，但她们在这段时间里确实也产生了一种对躁动于自己腹内的小生命进行保护的需要。这样一来有些女人自然就觉得阴茎在这时闯入与这种需要格格不入了。作为男人，对此只能是加以认可，不说二话。这里特别需要的是想象力。妊娠后半期的大肚子原本对于性交特别是一般姿势的性交就十分不便。在这种情况下只能是尝试着做，去满足妻子或女友此时对温存爱抚更为迫切的需要。事实上除了各种常规的性行为之外，也还有其他的性爱方式：互相按摩、柔情地抚摸、用嘴唇和舌头施与爱抚、一人或两人进行自我满足等。人的想象力是没有穷尽的。两人都可以留意不要让对方在得到爱方面吃亏。但是孕期内的最高准则应当是：她喜欢什么、她爱做什么，以及在运用这种或那种技巧做爱时她的感觉究竟怎样，这样的一些问题具有头等重要的意义。说到底，是女人身上怀着孩子，是她必须承受和适应孕期内身体上和心理上那种大转轨式的变化。这里还根本没有谈到分娩时和产后那许多辛苦和磨难呢。

在孕期的最后几个月，吉莎比较喜欢的姿势主要是“调羹”式。就是说，我们多半两人都侧卧，柔和地开始做爱。即使是在预计的分娩日期前不久，我们也认为没有必要停止性生活。

我觉得，妻子分娩时我待在她身边是理所当然的。我在后面的第十章将详细地描述这一重大的、令人神经极端紧张的经历。但是有一点要提前说说：虽然我某些时候已经面临全面崩溃，有时简直就快要休克过去，但却没有因此而成为性无能者。尽管现在下面这话许多人听起来也许觉得幼稚可笑，但我还是要说：不少男人都在考虑亲身经历分娩场面是否有可能对男子此后的性生活产生不利影响。无论如何男子性欲追求的中心对象——女子的阴道，在分娩时是扩张到了男人们觉得几乎难以想象的程度。孩子用极其猛烈的暴力为自己开辟他通向外部世界的道路，顺我者昌逆我者亡，什么地方不合意就立即改变它，强使它变得合意。例如，为防止某处发生失控破裂，往往将会阴切开一个口子。这一切看起来并不总那么悦目，有些甚至相当可怕。但是，要说男人经历了这样的场面以后就会变成性无能，那么我认为也太邪乎了。在我的朋友和熟人圈里，男人由于经历了分娩过程而变得性冷淡起来这样的事例一个也没有。这方面的科学研究目前还比较少。然而仅仅是现有的这点为数甚少的研究成果，就已证明观看分娩对男子的性欲没有任何负面影响。如果有人仍然觉得分娩的情景可能使他对性事感到冷漠，那么他应当要么就待在家里，因为他反正也帮不上多少忙；要么就干脆时不时把头扭开去看看别处。我们的一位助产士朋友谈到这个问题时说：“分娩时，过于敏感的男人不必在离子宫颈口很近的地方蹲着。他们可以柔情地轻轻捏着妻子的手，眼睛向窗外看。”

男人们究竟需要多长时间才能将那个可能不总是令人感到愉快的分娩场面忘记掉？这从他们往往在短短几天之后就又乐意进行性接触便可以看出来。对于各位妻子来说，要想使她们那些性欲上多半根本没有减弱的丈夫有一段足够长的时间不接触她们那备受折磨的肉体，倒反而成了一道难题。

说到这里我们便遇上年轻父母们所面临的主要问

题之一：妊娠后的性生活。许多夫妇抱怨说，分娩后重新开始做爱总也不能像从前那样顺心如意了。大多数情况是丈夫们面对妻子的“性冷淡”——这或者是他们自以为如此或者是确实存在着——一筹莫展。我们俩在这方面也遇到了一些问题。当然，孕期刚过的头几周对于我和吉莎来说无论如何是禁忌期。我自己亲眼目睹了分娩过程，此外还看过许多书，知道她实在是吃了许多苦、受了许多难。再加上她的会阴缝合处时不时还隐隐作痛。还不止这些。当时我心里很清楚：女人的身体在分娩后的数周内经历着由妊娠状态到非妊娠状态的转轨过程，这一过程必然带来一系列根本性的变化，而作为丈夫的我完全应当知道这些变化，这样才能理解自己的妻子。一方面，子宫现在正

从百倍于原来大小的体积逐渐恢复至正常。在这段恢复过程中会排出所谓的恶露。这种分泌物起初主要是血，几天后变成一种浅褐色的黏液，最后又变成无色液体，大约需四至六周方可排尽。许多妇女对这种分泌有不适感，并且觉得自己因此而身上很“脏”。此外，女子体内还要排出整个孕期积累下来的水分，所以某些妇女这段时间大量出汗，从而又感到自己这时很没有吸引力、浑身总有那么点“黏糊糊”的。最后，在这段时间乳汁极为迅速地从全身涌入乳房。结果使乳房又胀又沉——而且十分敏感。在这种情况下，如果黏黏糊糊的丈夫开始在那上面揉来捏去，那么即使他管这叫做温存，妻子也是要感到心烦和不痛快的。

还有一点：分娩之后女人的内分泌骤然开始急剧变化。这时出现的简直就是一次激素分泌上的革命。这也导致一些消极的心理反应。许多妇女会突然觉得心情坏透了，恨不得从早哭到晚，并为她们似乎不再爱自己的丈夫和小宝宝而震惊，继而感到惴惴不安。这种郁闷低落的情绪又由于产后身体极度疲劳而无异雪上加霜。幸亏这段可怕的时间很快就会过去。然而迅速安然度过的条件是别人的帮助，也就是她的生活伴侣、朋友们和亲戚们对她表示出充分的理解，而不是咋咋呼呼地表示惊奇：哎呀，为什么现在站在我们面前的不是个容光焕发、喜笑颜开的母亲，而竟然是个“哭神经”哟！应当对她施与爱抚和温存，这对她渡过难关很有帮助。而性行为，在这段所谓的“淡蓝色”时间里是不能考虑的。

然而即便这段时间过去了也必须做到：只要妻子下身还流血未尽，会阴伤口还没有完全愈合，那么当然十分清楚：在这样的时候绝对不可能、也绝对不允许性交。这种情况一般持续二至四周，有时还会长些。我的某些男性朋友在爱人分娩后刚几天就简直像饿虎扑羊似地猛扑到她身上去，理由是他们觉得天天尝“总那么歇着耗着”的滋味终于到头了，受够了，我觉得这种做法委实让人难以理解。也许我们应当请这些先生设想一下：他们自己做完痔疮手术才三天，就有人来问他们是不是可以把一根台球棍从他们的肛门插进去？这时他们心里是什么滋味？我想，女人们在刚刚分娩过后爱人就觉得她们不应当这么“装模作样”，那时她们的心情恐怕跟这差不多吧。幸而大多数男人现在已经知道在妻子分娩以后首先必须做的是别去跟她们捣乱。究竟需要多长时间不去打搅她们，这必须由妻子来决定。有一阵子是普遍“规定”了六个星期作为期限，这可以遵守，但不必照办。慕尼黑妇产科医生柯内丽亚·彼得斯－魏尔特女士建议头六周如果夫妻双方都乐意的话可以适当地有一些温存爱抚的动作。不一定总要通过性交来解决问题嘛。性行为之前的序曲，在这段时间里不妨也当一回主角、唱一次压轴戏，有何不可?

我妻子当时也觉得非常疲劳，特别是分娩后的头几天真是感到心力交瘁。会阴伤口必须逐渐愈合，她这时是一点也想不到性爱甚至性交的，我也一样。这种情形一直持续了几周。亨利在这段时间里成了我们全部思想和情感活动的中心。

然而渐渐地、渐渐地性爱的激情烈火又重新燃烧起来。一开始我们只是偎依在一起亲昵地温存一番。然后逐渐转为相互抚摸，最后，大约过了五周之后，我们试着恢复做一次爱。我们两人都有点好像第一次做爱的感觉。吉莎害怕可能会疼，我则害怕把她弄疼了。两人都相当紧张。可以想见，这次也不可能成为一次特别令人陶醉的感受。同某些哺乳期的妇女一样，吉莎分娩后有好长一段时间阴道干涩，于是性交在这段时间使她感到疼痛。但是随着时间的推移渐渐好了起来。我们试着继续以往常的幽默方式来克服这个困难，最后终于又完全同以往一样同床共欢了——当然，是在客观上有可能做到的时候。因为，在头几个月里亨利要求我们日日夜夜都为他服务。我们很高兴地做这一切，可是多半被折腾得筋疲力尽，躺倒就变成了一摊泥。总而言之，我们前后足足用了两三个月时间，才算恢复了比较轻松自在的性生活。

不过为谨慎起见，每个男人都应当作好这样的思想准备：孩子出生以后性接触的频率可能下降。这是没法子的，因为现在是三口人，你只能认了，不必跟自己过不去。一旦到了时候，两人就绝对应当立即考虑避孕问题。哪个女人愿意在刚刚生下一个孩子之后就又怀孕？在我们的熟人圈子里就有一个女的碰上了这种事。对女人来说这滋味可不那么美妙。她的身体承受着极端沉重的负担。在九个月之后便有了两个大哭大嚷、又拉又撒的吃奶娃，他们都还不会走路，而且又有完全不同的需求。这下子可就真热闹、真够人忙乎的了！

此时最好使用避孕套避孕。口服避孕丸，在女人的内分泌还没有完全恢复平衡和还在为婴儿喂奶的情况下恐怕以不用为佳。避孕栓则可能引起刚承受过分娩重负的阴道灼痛，还有避孕环也不是每个女人都能受得了的。所以说男人们：行动起来，快到药房、药店去！

许多夫妇会遇到这样的情况：就是在妻子身体状

况实际上肯定已经完全恢复正常的时候，性生活也仍然不那么和谐。不少男人抱怨说，他们的妻子即使好多个月以后也仍然对性事毫无乐趣。显然这一现象的原因是多方面的。无论如何，做丈夫的总应该反躬自问一下，是否自己在所谓的妻子毫无性欲这个问题上也有一定责任。因为，重要的不仅在于分娩后头几周需要做到对妻子充分理解、给予她一切可能的帮助，注意在日常生活中如何相互交往也同样必要。许多女人就是不可能只靠轻轻按一下按钮那样的举手之劳就将她们的性欲马上“激活”起来的。她们需要时间、需要工夫，令她们那在妊娠和分娩期间负荷沉重、备受折磨、起了不少变化的身体重新感到舒服，需要时间和工夫去重新发现自己对感官享受的欲求。对许多女人来说，纯粹是那持续太久的疲劳妨碍着她们过完满的性生活，而在另一些女人那里，则是一种要求让她同孩子独处的感情在起作用。只有当女人也能够一觉睡到天亮、有了时间去考虑自己的事并受到丈夫充满温情的关心和体贴时，她才能重新发现柔情和性爱。其实孩子在这方面给予她的也很多。她给孩子喂奶，这——如吉莎证实了的——就是一种感官上的乐趣。她和孩子亲热、互相交换柔情与温馨。一个愚顽不灵、麻木不仁、只是在感到裤子紧的时候才想去和女人亲热的家伙，处罚他一次又有什么不可以呢？那便是：让他心急火燎地、久久地等着！

一个善于温柔体贴、真正处处为对方着想的丈夫，对妻子所起的作用比他们两人可能想到的要来得更大。一个女人当了妈妈时，往往陷入一种心理上的冲突，这种心理状态她自己多半根本不能真正意识到。她经常忘记自己（也忘记丈夫），情愿把一切都给孩子——毫无保留地、全身心地献出一切。但是这常常是靠牺牲自我来实现的。科隆的女医生芭芭拉·费尔韦斯-施诺勒博士在谈到这个问题时有一个提法，她管这种心态叫做“具有威胁性的自我贫困化”现象。她说，女人必须做到把自己一分为二。一方面，她必须实现完全同自己的孩子融为一体的愿望（我是母亲），另一方面，她又必须允许自己有其他需

要并满足这些需要（我是妻子，我是社会人）。她的生活伴侣能够提供决定性的帮助，以缓和直至克服这两种不同需要之间经常发生的冲突。如果他支持妻子、减轻她的负担从而使她有时间去面对和处理自己的内心冲突，那么他也就等于在帮助她化解这一冲突了。那时性生活在小两口的生活中也就又有了一席之地。

对于两人来说，重要的是别把性生活放到夫妻共同生活的最末位去。如果情爱在两人的记事簿上始终处于最不起眼的地位，那么性生活不再那么和谐也就不足为怪了。即使有了孩子，夫妻也还是可以做到为对方花一些时间的。这不一定那么容易办到，然而我觉得是相当重要的。

5. 电视明星

——超声波、胎儿躁动和一种误解

“女士们、先生们，晚上好！在我们的‘超声波演示’节目中，我们今天就让您看到——您的孩子。”即将成为父母的年轻夫妻最美好的经历之一：第一次超声波检查。要是通过电视播放，那么报节目者很可能就这样说，或者大体上这样说。我们去做这项检查是在孕期的第二十周，我这里急切地希望和建议每一位父亲都去实地参与这次检查。不然就错过了机会而看不到一次小小的奇迹了。

当然，事前我并不是特别热衷于这件事，因为我已经在几对年轻父母家里看过一些超声波检查的照片，知道没有经过训练的肉眼在这些模模糊糊的黑白照片上是看不出多少名堂来的。尽管如此，满怀骄傲的“准父母”们还是一再把那些谜一般不知所云、莫名其妙的照片杵到你的鼻子尖底下，要你对他们那个即将出世的孩子大大惊叹赞赏一番。“太棒了，”每次遇到这种时候，我就总是这样一面嗫嚅着这几个字，一面瞪大眼睛拼命在那一大堆乱七八糟的黑点、黑圈圈和褪了色的线条中搜寻，竭力想看出点什么东西来。有了这个经验，在我们的第一次超声波检查日期来临时，我压根没有指望着会有多么激动人心的经历在等待着我。我预期的倒不如说是一次有趣的猜谜活动罢了。哦，事实上完全相反！那天我们在专为吉莎检查的妇科医生那里预约了一个清早的号。她进了一间避光的小房间，在一张床上躺下，医生用一个探头在她肚子上抹上润滑油，以便发射器和接收器都起作用。我坐在旁边一张小椅子上，心情到底还是很不平静。这么说吧，就在这台电视机的屏幕上，马上就能看到一些东西，而那东西就是我们的孩子！突然，不管这图像有多么模糊我都不大在乎了。我们的孩子，活生生的，就在这屏幕上可以看得见，嘿，你说，上哪儿找这样的美事去！

然后，医生接通了仪器的电源，接着有点漫不经心地将超声波探测导管在手中摆来摆去，实际是为了找到正确的部位。当他终于停下来，并说：“好了，这就是结果”时，我惊呆了。因为这时我可以在屏幕上异常清楚地看到我们孩子的轮廓，看得清哪是他的头、哪是上身、哪是胳膊。还能看见他那颗微小的心脏在胸中急速地跳动。我们眼前的这一图像使我想起了以前见过的那些照片，但比较起来却要清晰得多，并且由于孩子的躁动而获得了一种全新的动态。胎儿的这些运动吉莎此时还丝毫感觉不到，但是我们却终于能够看见点儿什么了。在我们两人急切而好奇地盯着荧屏的同时，医生开始给我们讲解图像的细节。他在屏幕上选择各种不同的大小，为我们展示腹中胎儿的全貌以及放大了的细部，脸上露出得意的神色，显然在为他那不寻常的能耐感到骄傲：能用他那双行家的眼睛一眼看出图像各部分的不同含义，又善于用热情温暖的话语向我们这两个在新技术面前惊得目瞪口呆的超声波外行解说一切。这时我的情绪

处于一种特殊状态，我奶奶总是非常中肯地用“神经病”来形容它，就是说我此刻已经摇身一变成了百分之百的缠绵情意的化身，开始朝着电视机方向不断发射异常强大的父爱脉冲信号了！您瞧瞧吧：荧屏上这个正把大拇指伸到嘴里去的活生生的小东西，就是我的宝宝，就是我们的宝宝！嗨，真是太不可思议了！

在这个时刻之前，我们还不知道孩子的性别，也根本不想知道这一点。但是当那位妇科医生用他手中的探测导管扫视到婴儿的生殖器部位时，一时脱口说出了泄密的话：“瞧，在下面这儿我们看得很清楚……”说到这里他突然打住，脸上稍带歉疚的赧色瞅了我们一眼，接着问道：“哦，对不起，你们到底想不想知道孩子的性别？”虽然我们自己刚才在荧光屏上什么也没有看出来，但是现在他指着骨盆部位说看得很清楚的是什么已经确定无疑了：那是我们儿子的小鸡鸡。就是说，我们得的是个男孩！啊，你好，小亨利！

医生表示他相当有把握。他说，这一点在这个时候往往还不能完全确定，但是这儿这个相当大的阴茎总是能非常清楚地认出来的吧。听了大夫这话，我不禁有些骄傲起来。

我们在无心栽柳的情况下弄清了孩子性别之后，医生就开始为我们的儿子作一些计量：量他的颅围、肢长、身高等等。我们两个只是手拉手默默坐在一旁，为小家伙居然已经能在吉莎的肚子里胡乱折腾惊叹不已。就连著名的巴宾斯基反射[①]，现在也已经可以观察到，这证明孩子已有正常的触觉。儿子每次踢母亲的腹壁一下之后都会自动地把脚缩回去。甚至吞咽动作也都可以辨认出来。对我们来说，观看这些活生生的动态真是一种其乐无穷的游戏。只是到了医生带着十分肯定的口气告诉我们说他没有发现任何异常之处，诸如豁背、脑积水或其他脏器不正常的情况时，才提醒我们：现在坐在这里是为了进行一次医学上的检查。我们当然非常高兴一切都没有问题，可是仅仅把那些从理论上说有可能出现的毛病列举一遍，已经把我们两个吓得够呛了。而医生继续在亨利身上量来量去的时候又说了几句话，在我们心中立即引发警钟长鸣。他说："但是胸腔很大。"说完又量了一次，补充道："很大很大。"说这话时面部表情漠然，没有什么确定的含义。我们默不作声，等待着他

① 巴宾斯基反射：当用火柴棍或大头针等物的钝端，由脚跟向前轻划新生儿足底外侧缘时，他的拇趾会缓缓地上翘，其余各趾呈扇形张开。此反射最早可在 4 ~ 6 个月的新生儿身上看到。

的解释。胸腔很大，我心想，这到底是什么意思？接着脑子里马上闪现出我们的孩子，胸部硕大无朋、奇形怪状，这就意味着他将要一辈子畸形、终生不幸。医生一面继续沉默着，一面继续他的测量，现在已经量到两只脚了。“胸腔很大到底说明什么？”我实在忍不住，怯生生地问道。“咳，其实没什么，”医生说。“只是说明孩子块头相当大罢了。”“这种情况是不是很少见，甚至很危险？”我想打破砂锅问到底。“不，其实并不危险，”他明确回答，可是这个回答在我看来是留有余地的。后来经过了一番小小的周折，终于把问题弄清了：虽说处于这个生长阶段的亨利胸腔确实大得显眼，但以后是绝对不会发展成畸形的。医生当时只是这么说说，而完全没有考虑到这话在孩子父母心里会激起什么样的反应。学医的人有时候都这样。你必须即时抓住他们，让他们给你把事情讲清楚——如果你不想连续几夜睡不着觉的话。决不要对多提问题有任何顾虑！人们太容易忘记一个事实，即看医生并不是去接受某个偶像化了的大人物的恩赐，而是去享受一项人们付出了昂贵的费用之后才得以享用的社会服务。有关的问题得到合理的、明白易懂的回答，也是这项服务的一部分。

虽说我们的情绪因此而稍受影响，但总的说来这一小小的意外终究不能从根本上削弱超声波检查演示的精彩场面对我们的吸引力。在孩子出生以前，仅仅还有一次经历能够同这次相提并论。

不过在讲述这一经历之前我还想澄清一点，免得人们误以为我是受雇于超声波仪器生产厂家专门为人家游说的说客。人们最好永远不要忘记：超声波检查是一种医学上的预防性检查措施而不是儿童游戏。如果先期检查和对孩子的父母作电视演示能合二为一，这就一举两得，更好了。但要是仅仅因为这玩意儿非常有趣才去作“超检”，那么最好别去。诚然，可以肯定如果运用得当，超声波对母亲和孩子都基本上没有负面影响。但是我们的确也听到一些告诫，认为这一技术是否完全无害迄今尚未得到充分的证明。因此我们遵循的信条应当是：必要才做，尽量少做。但是话又说回来，——这是一位医学专家为避免片面性请我在此补充的——到目前为止在全世界都还没有听说超声波造成过什么伤害。

盛夏时节，我们又经历了一桩与第一次超声波检查类似的激动人心的事。那时吉莎已有四个多月的身孕。我们刚刚迁居——搬进了自己的房子，怀孕一事由于搬家前后诸多事务的杂沓繁忙而被挤到比较次要的地位。一天半夜将近十二点钟，有情况了。正当我睡得非常香的时候，突然吉莎把我摇醒了。“我觉得有点不大对头。肚子里动弹得厉害。”一听这话，我立刻睡意全消。“哪儿？在哪儿？”我结结巴巴地说着便打开了灯。我妻子直挺挺地坐在床上，半信半疑地看着自己近一段时间来变得越加圆鼓鼓的大肚子。“这儿，”她说着就把我的手拉了过去。我当即摸了起来，感觉到：一串轻微的咕隆，一阵细小的颤动。这是我们的孩子在敲门啦！“就像是胃肠在活动似的，”吉莎说着笑了起来。我兴奋得手舞足蹈。在此之前，妻子怀孕——除去超声波检查以外——对我来说是十分抽象的东西，我几乎只能在脑子里想来想去。现在又加进来一个新的感官因素：我也能同妻子一起感知他（她）的存在了！从这时起，吉莎的肚子成了我最

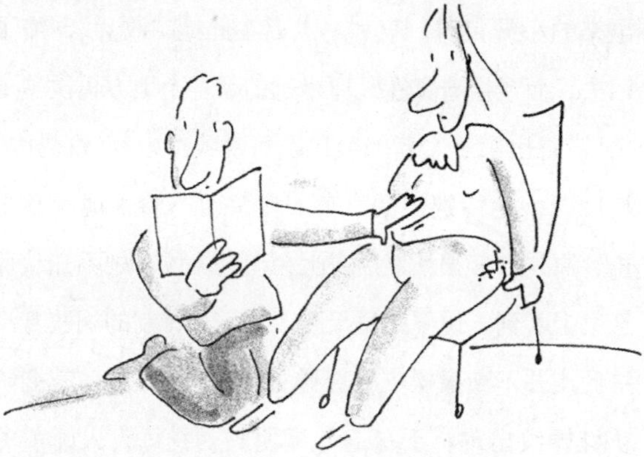

迷恋、经常流连忘返的一个“景点”。我没完没了地把脑袋侧放在它上面，上下左右来回挪动，暗暗把小东西不断增加的活动量刻在脑子里、记在心坎上，还跟我这个尚未出世的儿子不停地说话。随着时间的推移，微弱的颤动逐渐变成了强劲的翻腾。吉莎的肚子一天大似一天，亨利开始像一个野小子那样头撞脚踢、胡乱折腾。吉莎的肚皮越来越圆、越来越鼓、越来越紧。小家伙像一只顽皮的猴子，在吉莎的肚子里大闹天宫。某些时候事态看起来真是严重得吓人，就像是一部恐怖电影里的情景。不久我们就被迫改变原本很喜欢的睡觉姿势（侧卧。吉莎偎依着我，肚子紧紧贴着我的脊背），因为亨利在我的腰间和脊背乱蹬乱踢搞得我心烦意乱。有趣的是他居然会对我们的动作作出反应。当我按一下吉莎肚子上的一个从里面顶出来的小鼓包时，亨利马上就在此地“收兵”，缩了回去，而紧接着又在几厘米远的另一个地方再次“出击”：冒出来一个新的鼓包。每晚我给吉莎做揪揉式按摩时，他特别来劲，东一榔头西一棒子地频频出击。原先吉莎很怕以后身上会出妊娠纹。她不知从什么书上看到，说要是每天晚上用一种特制的润肤膏涂抹肚皮并不断揪揉皮肤直到油膏完全被吸收，就能防止妊娠纹出现。于是这件事便成了我每晚入睡前的功课，每天都兢兢业业地完成这项任务。“涂膏抹油，连揪带揉，让它吃透”成了我的口号。亨利则兴高采烈地与我里应外合、共同战斗！我是全身心地做这件事。吉莎感到舒服，我干着也觉得很有意思，在我妻子那洁白无瑕的肚皮上出现妊娠纹，我当然也不乐意嘛！可是当我有一次说出了这层意思时，在我们两人之间便产生了点小小的不愉快。“以后我就没有原来那样好的线条、不那么靓丽、不那么吸引人了，很可能就是这样啰！”吉莎气呼呼地说。“生孩子这种事是不会在人身上一点痕迹都不留下的。”我赶忙保证说我当然知道这一点，在她身材曲线有了变化的时候也仍然会一如既往、痴心不改、继续发狂地爱她，今后再也不会浪费时光去想这类问题了。我嘴上这么说，心里也确实这样想。但是尽管如此有时我仍偷偷在想：要是她生完孩子后又能恢复得同原先一模一样，那该有多好啊！我老老实实承认这一点。我知道在我的朋友和熟人中有许多男的担心生孩子可能使伴侣的体形发生变化，只是谁也不敢把这一点说出来罢了。这样做终归会暴露出自己是个大男子主义者，一天到晚只考虑老婆是否永远保持着令男人倾倒的青春魅力。不过不应当把这一点看得过于严重了。在心里想想这件事，恐怕每个男人都免不了会有一两次。可是想过之后就必须放下，不要再在这上头浪费精力。第一，这类“担忧”本来多半也就没有什么依据；第二，使自己保持靓丽也是女人们自己非常期望的，是她们的切身利益所在；第三，还有比伴侣产后体形变得富态一些或者肚皮上和腰上出现几道妊娠纹要更严重、更糟糕的事。男人们自己在三十五岁以后就多半会长出个肚子，我的牌友们戏称之为“脓疮”或“脓包”，那才真是不雅观呢！

6. 主要是健康就行

——产前的各种惧怕心理

我喜欢看各种各样的电影，包括恐怖片。但是在吉莎怀孕期间我对惊悚恐怖片的兴趣是大大降低了。有一回朋友请我去看录像，放的是电影《婴儿屠夫》[①]，其中讲一些婴儿由于环境污染致使遗传基因改变，刚生下来还在产房里就肆意杀人，谁跑得慢一点，谁就逃脱不了被他们那利爪掐死的厄运。这当然不是什么情趣特别高雅的作品，而对于即将做父亲的人来说简直是一场真正的灾难。因为，如同天下所有的父母一样，我们也非常非常害怕自己的孩子生下来可能有点什么毛病，当时我使劲对自己说，“哎呀，这不过就是一部电影罢了。”可这丝毫也不能使我从忧心忡忡中解脱出来。光是看到那个在接生过程中父母发现自己的孩子不大对头而表现出惊恐万状的场面，就已经让我感到揪心的痛苦了。这部粗俗的影片令我实在没法从头到尾看完。

在孕期不断为孩子的健康担忧，这种情绪当然也不是因为看这类恐怖片才有。即便在今天，生出先天残疾的孩子、孩子出生时死去、生下来后无法存活或由于接生者失误而致残的情况，这也是个无法改变、无可奈何的事实。当然，这样的情况为数很少，但并非完全绝迹。于是，即将做父母的夫妻们一想到兴许自己说不定有可能摊上这种事，有时简直心急如焚、惶惶不可终日。至少我们俩是这样。有那么个阶段，我什么别的心思都没有，只是一心想着这个残疾问

①《婴儿屠夫》：由拉里·科恩导演的一部恐怖电影。于1974年10月在美国上映。该片是“他还活着（It's Alive!）”系列的第一部。

题。吉莎的心情和我差不多，尽管没有我那么严重。我们像大多数父母那样经常问自己：我们到底能不能克服所有困难，成功地抚养孩子？我们有没有能力排除一切障碍达到自己的目标？对这些问题的回答，根据当时的心境各有不同。有时我们对自己说，我们会爱孩子、会带着做父母的责任心将孩子抚养成人，不管他（她）是健康的还是有残疾的，都一样。可是话刚说完，我们当即就觉得自己恐怕根本做不到这一点。但过一阵子我们又认为自己从做人方面来说对此可以胜任愉快。有时候，在特别犯“神经病”的那些时刻，我们会完全无缘无故地热泪盈眶，质问自己：究竟为什么要铤而走险，要什么孩子！

这都是一些必经的阶段。实际上除此之外人们也别无选择。在每个孕期培训班上老师都要告诉你：不必自己跟自己过不去。这话听起来像老生常谈，但是在这样一些担惊受怕、坐卧不宁的时刻，一定要不断说服自己相信一点：绝大多数情况、正常情况是生下健康的宝宝。更让人放心的是现在已经能够借助绝妙的产前诊断手段，在母体内就能查出并治疗孩子可能有的部分疾患了。然而做到这点的前提是母亲定期去作规定的十次产前检查。据《我的孩子和我》这家期刊报道，有三分之一的孕妇对待这些检查很不认真，爱去就去，不爱去就不去。这家杂志的结论是：“这是一种不可原谅的轻率态度。”这个看法我深表赞同。在将近十个月里只去医生那里十次，这实在不能说是要求过高吧。另外，准爸爸应当尽可能每次产检都陪着去。我的情况就是这样：自己亲眼看到或者亲耳听到医生说我们的亨利有极大可能是完全正常的、丝毫毛病都没有的，这对我克服各种惧怕心理是有过很大帮助的。

但是，有一次我在这方面又做得过头了点。情况是这样：我决意勇敢地面对一切意外，于是就去查看医学专业文献中记载的一切从理论上说有可能出现的并发症。结果是整整两个星期人被弄得灰溜溜的，情绪严重低落。所以我在这里衷心劝告年轻夫妇们：千万别到这些医学异国的土地上去漫游、去流连徜徉！这就跟去浏览一本搜罗了全世界所有现存疾病名称、症状等资料的医学词典差不多，管保只需要看上二十页，你就会觉得有形形色色的“结核杆菌”顺着你的脊背痒簌簌地爬，并且接连不断地出现“明显”的症状！

采取实实在在的预防措施要来得有意义得多。吉莎在整个孕期中都不曾喝酒，这段时间内在我们家中谁也不许抽烟，这对我们来说都是理所应当的。出于对吉莎战友般的支持，我也大大节制了自己饮酒。当然这并不是说我偶尔不会陪客人喝杯啤酒或者在打牌时会滴酒不沾。

担惊受怕的心理实际上在整个孕期我们都有，它是阶段性的，时而多些，时而少些。然而不知是哪一天我们作出决定：不再谈论残疾这个话题了。有关的话已经全部说完，有关的想法也都全部想过。我们就是一个心眼儿，热切地希望我们的儿子能健健康康地生下来。万一不是这样，我们就准备以那些有残疾孩子的父母为榜样了。我们认识几个这样的家长，仔细看看他们是怎样生活的，这使我们那被惧怕心理扭曲了的设想又得到了一定的矫正。这些父母很不容易，但他们没有灰心。他们有笑声、有欢乐、爱孩子、照样外出度假，竭尽全力使他们和孩子的共同生活过得非常美好。这肯定不是一件轻而易举的事，但他们的确做到了虽有残疾儿却仍然过着幸福的生活。

在孕期将近结束时，吉莎心里突然又出现了另一个我们早先完全没有料到的恐惧幻觉。这就是：她突然产生了生孩子时自己可能会死的念头。这一想法的诱发因素是一本关于产科医学历史的书。吉莎在那本书上看到了有关产褥热、产后感染、大出血以及各种十分严重的并发症的论述。虽然书中绝大部分对这些疾病的描述都是根据很久很久以前的病例资料，但是那一幅幅可怖的景象却牢牢地铭刻在她脑海里，于是，对死的恐惧便一阵一阵地在她身上发作。我最初的反应是无计可施、很不冷静。但最后我还是明白过来：怀孕当然会对女人的心理产生一定的压力，从而可能引起一些非理性的恐惧心，而这类心理是不能简单地用诉诸健康的人类理性的办法一扫而空的。这样一想，我便尽自己的努力帮助她，去了解清楚今天到底有哪些情况真正对母亲们构成危险，然后竭力劝说吉莎不必害怕。这样做虽然也有效果，但害怕自己可能会死去的种种心理也还没有因此而完全消失。它们总是时不时冒出来作怪，直到后来某一天这个话题突然被我们从议事日程上抹去，那时吉莎自己也觉得好笑：说不清为什么自己前一阵会那么忧心忡忡，那样杞人忧天。

我有时候也被她“传染”而突然害怕得要命，生怕她可能出点什么事，这种心态我干脆就不跟她讲了。有时我使劲谴责自己，“命令”我的心情：给我老老实实地保持镇定！在这方面给了我不小帮助的是我的朋友彼得，我给他讲过我们那些担心和害怕，他对此发表的言简意赅的评论是：“我看你们两个的神经都有毛病！”（从而对我们闯过难关作出贡献）

7. 训练呼吸

——准爸爸在孕期培训班上像个白痴

“这些人虽然头上戴着土耳其男式头巾，身上披着泡泡纱长袍，但是贝蒂说了，他们给人作的产前准备是你所能想象得到的最好的。还有打坐什么的。”吉莎简直是着了迷。我呢，一听到什么土耳其头巾马上就在心里打了个问号。可是除了贝蒂以外还有另一些不苟言笑、值得信赖的人，也对在穿白色长袍的人那里体验到的“全盘松弛”十分崇拜、赞誉备至，说什么像那样“很酷的远东式分娩法”可“真是好”。那么好吧，我想。我们就去去得了。当时吉莎刚怀孕三个多月，作产前准备实在是太早了些。但我们就是有这个兴致，想去学点东西。此外还听说有许多对夫妇去那里，不光是女的，其中一些也正好在怀孕初期，就是说，像是专为我们举办似的。

但是当我们走进一幢汉堡老式住宅二楼那间大房

间时，我只向讲台前看了一眼，心里就完全凉了。

培训班的女主管头上的确戴着一条东方男式头巾，身上穿着白色长袍，在室内来回走动，我们进门时她正好在作自我介绍，说出来的是一个印度名字，尽管她实际上大概是叫吉塞拉[1]。屋里的地上坐着约莫二十个肚子大得几乎快撑破的女人，她们全直勾勾地盯着我们两个。哎呀，我是全体学员中唯一的男人！而吉莎是唯一没有大肚子的女人。“趁着还来得及，赶快溜！”我心里这样大叫。可是这时吉莎已经坚定地将我拽到了一个角落里，并对我耳语说：“你现在就别那么装模作样啦！”我们脱了鞋，我是一点勇气也没有了。因为，现在戴东方头巾的女人已经开始拿腔拿调地低声细语起来，好像在她身边有一个孩子刚刚睡着很容易被吵醒似的，接着她要求我们跟着她口中念念有词地吟诵，以此来克服身子摆动保持稳定平衡。然后，练功开始了。已经被授以秘诀的女学员们直截了当地一齐发出催眠式的“嗡嗡”“啊啊”的吟语声，一阵很可怕的、大概是极端异教徒才能有的低语声在整个屋子里回响起来。紧接着便要求我们跟着重复数不清的印度咒语，这些当然谁也听不懂。

① 吉塞拉：常用的西班牙名字。

据说它们的内容与太阳、生命活力和其他各色各样的好东西有关。但是我敢肯定，通过这样的方式我至少加入什么秘密教派五次到十次了。就好像是参加以鲜血和剜出的心祭神那一类仪式似的。在这种好多人一起咿咿唔唔念一些莫名其妙的经文的氛围中，我没法说话表达自己的心情，但我投向吉莎的目光却像一柄柄利剑那样。

我们打坐完毕后（我觉得大大松了一口气！）就做一些属于产前准备的体操动作，我当然认为这太棒了。作为唯一的男人跻身于二十个孕妇中间，和她们一起练习伸张和收缩阴道肌：这实在有点意思。

到中间休息时，我们就逃之夭夭了。一出门我还根本没有捞到说话的机会，吉莎就先发制人，打了我个措手不及，她说："我知道刚才你觉得是活受罪，我也觉得很荒唐。我们去参加另外一个培训班好了。你完全用不着在我面前发牢骚说怪话！"

这话更使我怒气难平。想想看，在备受折磨之余竟还禁止我发泄一下，连一口怨气都不许人出，这叫什么事儿！

请读者不要误解我的意思。我决不是反对打坐，决不反对远东的智慧。我也知道，生产时精神和身体完全放松对产妇乃至对准爸爸都是极为重要的。但是为了让自己得到放松，难道非要去咕哝一些古里古怪的声音、结结巴巴地模仿印度话哼念一些太阳颂歌、罩上一件白色长袍、裹上一条土耳其男式头巾不成？总之我们两个在这点上已经取得了一致意见：这种形式的产前准备对我们一点也不合适。

然而无论如何我们打算好好地参加一次培训班。因为我们听我们认识的所有年轻父母说过，参加一次好的孕期培训班对分娩和产后头几周都有极大帮助。但是尽管如此我还是有所疑虑——虽说很乐意参加。这是因为，那次打坐的经历还记忆犹新、恍如昨日。此外我又曾听说许多培训班要求准爸爸们一定要跟着做全套分娩体操，据说是为了使他们能更好地理解妻子们。我觉得这种硬性规定一是相当稀奇，二是纯粹多余。“让我们去参加一个我不必模仿肚子往下使劲和收缩阴道——我身上并不存在——的培训班，好不好？”我央求吉莎。

后来我们便听人说起玛丽安娜和她主持的孕期培训班。到处都听到年轻夫妻对它赞不绝口，说它真是好到了登峰造极的程度。他们说玛丽安娜是一个经验丰富的助产士，人非常非常之好，她的孕期培训班期期爆满，场场座无虚席。“不要戴土耳其头巾吧？”我问。不要。可是代替这一做法的是，她的一期普通培训班足足需要三个月！每周一次，每次三小时，晚上七点到十点。“我可不想做产科医学教授，”我提出异议说。“哎呀，为自己的孩子一周花费一次时间，我们这位绅士就已经嫌太多受不了啦？”吉莎问道。当然，对这样的非难我不能置若罔闻：“好吧，我们就去报名参加。可是我现在就说清楚：一看见要戴那种头巾我立马走人！”

在九月份的一个暖和的晚上，我们头一次去参加这个班。这时吉莎的身孕已经超过了四个月。在这样的时候参加培训班仍然为时不晚。某些夫妻是到了临产前四周才安排这一活动的。但我们愿意早一点让自己心里踏实些。所以当我们走进那个小小的授课厅——它在一所中学的校园里——时，我已经作好了接受（几乎）一切的精神准备。

那天已经是那一期培训班的第二个晚上。第一个晚上我们因为去参加一次庆祝活动而错过了。所有的人都已经有了固定的座位，玛丽安娜觉得这样很好，说这样可以比较容易记住谁是谁。只有紧挨着门的地方还剩下一个座位。“坐这个位子的人有一项任务，那就是到外面去为迟到的学员开大门，”玛丽安娜微笑着冲着我们这个方向说。“这下子可好了，”我心想，“当三个月的门房。”我上下打量我们这位女老师，琢磨着她能否使我产生好感。她看上去体格健壮，很有成熟女人的韵味。年龄三十五六岁光景，穿着比较随便，甚至可以说新颖脱俗。她全身散发着一种温暖的、令人舒适的气息，同时又有一个许多助产士所共有的特点，让人觉得她是理所当然的权威。我被她指定为看门人，虽有点不痛快，但内心还是对她萌生了好感。在这段时间里，吉莎仔细地打量了参加培训班的其他人——大约有十五对夫妻。他们大部分都是三十五六岁的模样，各色各样的人都有。有几个看上去毋宁说一身小市民气，有几个打扮得怪模怪样的，有几个与众不同地穿着灯笼裤，又有几个带有颇为浓厚的知识分子气，还有几个穿着非常时髦的最新款的奇装异服，另有几个我都没法对他们分门别类装进“自己的抽屉”里去。虽然不是所有的人我第一眼看上去都喜欢——但是我已经非常庆幸这回不再是唯一的男人。除此之外我不知怎的还有一种和所有在场者在情感上息息相通的感觉。说到底，我们全都是在几个月以后就要做爸爸妈妈的人啊。其中一些甚至没几天就要当爹当妈了，那两三个肚子特别大的说明了这一点。

由于我们两个并不是唯一错过第一次活动的学员，玛丽安娜便再次简略地介绍了她那颇不寻常的职

业经历以及培训班的整个计划安排。我们将在此学到几乎所有对自己很有好处的产前、产期和产后措施，以便对这段时间里面临的各种特殊情况应付自如。每次课都分为理论课和实践课两部分。在这两部分之间还插入一段全体打坐入静的练习。她一介绍到这里，我心中又开始警钟长鸣了。于是我不禁猛然回头看吉莎，她对我报以一抹抚慰性的微笑。原来她早已从她的邻座那得知这里并不哼太阳颂歌也不咿咿唔唔地念经。唔，那样就好！

现在开始上实践课了。每人都必须搬一个小凳子来坐下，并围成一圈。玛丽安娜先讲解了女子体内包围着子宫颈口的那几块骨盆底部肌肉的重要功能。然后就让大家模仿袋鼠的姿势动作。这可一点不假！为了能感知骨盆底部的存在，她要求我们想象自己身体后面脊椎末端长着一根粗粗的袋鼠尾巴，在心里设想自己能驾驭这条尾巴，让它松弛地下垂或几乎是垂直地竖立起来。读者想想看，大约有三十个人坐在这里，不断地操练竖起、放下各人想象中的尾巴！我是怎么也找不到骨盆底部的感觉，于是就不去设想什么动物尾巴，而是想着一杯清凉的啤酒和一顿非常可口的晚餐！看样子，有几位男士——据他们那与袋鼠风马牛不相及的姿势判断——的感受和我差不了多少。

玛丽安娜一定发现了这个情况。因为她突然叫道："请男士们只管跟着一起做好了。如果骨盆底部得到很好的锻炼，对你们上了岁数以后憋尿很有好处。"哟，好一条尖端理由！"实际上我是一直在想着自己到底还能憋多长时间的尿，"我窃笑着和吉莎打哈哈，然而她对我这种幼稚无聊的咬耳朵不屑于评论。她觉得——同培训班上所有别的女人一样——模仿袋鼠这种方法用来锻炼骨盆底部确实不错。我别的什么也不说了，只是一心等待老师发出新的指令，让我们去想象活动另一些动物肢体。然而玛丽安娜不再发这类指令，而是讲解各种不同的阵痛，并说明如何通过正确的呼吸和骨盆底部的完全放松来最大限度地减轻这些疼痛。她讲这些时我很认真地听着。怎么说我也想在最困难最关键的时刻能够真正帮吉莎一把啊。阵痛很疼我当然早就知道，而对于疼痛，我是从来不敢等闲视之的。

在这之后我们又做了几种松弛筋骨的体操动作，学了一些简单的双人按摩法并反复做了几套呼吸运动。接下去玛丽安娜便摇铃宣布静卧阶段开始。灯关了。全体一律躺下，玛丽安娜向我们提出要求（令我欣喜的是她说话用的是德语）：现在请各位全身完全放松，要求大家做到的仅仅是什么也不要去想。我完全照办，什么也不去想，嘿，感觉还真不赖！尽管如此，也还是有一点点不大自在。因为这种在一大堆陌生人当中躺在垫子上入静的练法我还不大习惯。主要是因为我觉得在这样的气氛中怎么也没法让自己松弛下来。“真是胡闹，纯粹浪费时间，随便找个地方躺下待着，我在家里不也能做到吗？”我心想。但是，到后来我终归还是开始渐渐体验到了一阵十分舒服的困乏感，迷迷糊糊地进入了微寐状态，不过它却被玛丽安娜相当粗暴地打断了。在这种静卧的末尾她总是大声数数把我们从那舒适的小寐状态中猛然吵醒，同时打开了顶灯。唉，没法子，怎么说也还得再学点什么东西，而不仅是在这里睡大觉吧！我当时的感觉，就好像谁半夜三更突然大放一通鞭炮，把你惊醒之后又将一个一千瓦大灯泡杵到你眼前似的。可是现在回过头来一想，我不得不承认当时不仅已经习惯了这类静卧，而且最后甚至觉得它相当提神、使人感到非常舒服。在家里你就是很难像这样干脆躺下来什么也不想，来个全面放松。当时每次静卧之后都有茶点招待，这总是令我心花怒放，自然是不消说的了。喝茶以后开始理论课。

这天晚上我们学到了许许多多有关孕期各个不同阶段的知识。“理论稍微多了一点，这不大合我的口味，”起初我这样想。但是玛丽安娜讲起理论来十分引人入胜，她讲课热情洋溢，旁征博引，妙趣横生，以至于我听得越来越着迷。特别是她很善于把生理学知识同年轻夫妻在有了某方面的知识后可能出现的感觉联系起来。她的理论课里提出了一些很实际的关于如何进行产前准备、出现并发症时应采取什么措施的具体点子和方法。讲完课后，她又详细而耐心地回答了我们的问题。

在回家路上我们两人争执了起来。两人都觉得这一晚上获益匪浅，但是我嘲笑了那种在我看来十分荒谬的做法：让男人也去参加骨盆底部的操练，而吉莎认为这是一种愚顽的偏见。怎么说男人在妻子呼哧呼哧做体操时也不能蹲在垫子上犯懒、当甩手掌柜无所事事吧！在这个问题上我们的意见统一不起来。

这一争论伴随我们度过了培训班相当长的一段时间，因为在以后的各次活动中多次出现过这样的情景：我作为男人感到自己简直像个白痴一样在那里待着。有一次特别不像话，情况是这样的：当男人们又一次被要求同女人们一起做一种使劲腆肚子的练习而有几个男的不参加时，玛丽安娜便用充满责备的口气说："要是男人现在不好好跟着做，那么以后他们也就不能真正帮助妻子了。"这话我听起来觉得像地道的威吓。您看吧，这不明明是在说：我要是不自觉自愿地把自己变成个小丑，那我就是一个很坏的预备父亲，以后就没有能力帮妻子的忙了！什么话哟！

我承认自己也许有些神经过敏，但是我的确认为，在许多孕期培训班上强迫男人去做各种各样对他们来说毫无意义、有时非常尴尬的体操动作是很成问题的。这种做法可能会将不少老实听话的准爸爸对整个培训班的兴趣一扫而光。在这方面有的教师就不这么做——玛丽安娜本人也是如此。在做许多体操动作时她让我们男人协助自己的妻子，给她们提供支撑、为她们按摩等等。这样做我觉得就无可挑剔。另外，让我们学会正确的呼吸我觉得也很好、很重要，学会了这个，以后在产房中才能做个好助手。可是在体操中要求我们模仿女人的形体动作，我看这就确实走得太远了。

我想，这个培训班上有几个男人也有与我相同的体会。他们的确想学点东西，有很强的参与意识，但是却怀着和我差不多的反感勉为其难、苦不堪言地做其中的某些动作。只有两个人是例外。这两位已经是父亲，现在已经是第二次和他们的妻子一道从头到尾、一个动作不落（!）地参加培训班的全过程了。两人显然对被夸有经验而心满意足。他们总是得意扬扬地抢先回答玛丽安娜的问题，而当别人回答错了或是提出一些幼稚的问题时，就傲气十足地面带微笑，即使最可笑的动作他们做起来也非常带劲。一句话：他们竭尽全力想做比孩子妈妈更好的妈妈！我开始讨厌他们了。当时我想，也许这些家伙在家中总是把孩子从老婆怀里抢走好让他们自己用奶瓶给孩子喂奶吧。今天我的态度要豁达些了。而在当时，我感到烦躁、心里没底、疲于奔命、心绪不宁，在这样的时候，两位“妇女怀孕问题专家”自然就成了我的出气筒。

渐渐地我的怒气也就平息下去了。说来说去现在做的事也是为了我们的第一个孩子嘛！想到这里我决定将自己的肚量放大些，最终也和玛丽安娜培训班上的所有男士一样，多少也算是高高兴兴地跟着大家做各种要求的动作（只除了少数几个之外），并逐渐对妻子生孩子一事有了越来越大的信心。需要掌握的最重要的东西，我们这位女老师总是带着我们一再复习，特别是各种不同的呼吸技巧和松弛技巧。

玛丽安娜尤其重视关于阵痛的知识。由于当代社会中男人们很少有可能亲自在现场观看和体验阵痛，她就一点一点地让我们对各种阵痛形式有一定的感性认识。先从最微弱的开始，然后逐渐加剧，直到骨盆张开时那剧烈的阵痛以及孩子出生过程中向外挤压时

的疼痛。她直截了当地为我们演示临盆和分娩时产妇的模样和发出的声音。不过，当她有一次表演极端强烈的阵痛，大声哼哼、大喊大叫时，我还是有点震惊而大惑不解。干嘛非这样做不可？我心里发问。这不是会把人快要做父亲时预感到的全部喜悦心情彻底破坏掉吗！然而玛丽安娜对她做的事完全心中有数。今天回想起来，我为此对她充满了感激。当时她特别给我们这些男人从思想上到心理上为即将到来的事作了极为充分的准备。上过她的培训班，我们就几乎什么也不怕了。当后来吉莎真的疼得直哼哼、大声喊叫、在床上打滚时，我虽然精神上全面崩溃，但并没有惊惶失措。因为我立即想起了玛丽安娜，只见她躺在我前面的地上哼哼并且说："没什么，女人生孩子时你听到的可不就是这样的声音！"一想到这，我的情绪

大大地稳定下来。

可见，虽说有一些小小的问题，但我们参加这个孕期培训班总的说来收获是非常大的。在几个月的过程中我们经常可以和其他夫妻交流学习心得，学到了很多很多东西，一有问题就可以去问玛丽安娜。并不是每个人都有这种运气能碰上这样一位倔强固执然而却非常热情友好的女教师的。当然肯定会有一些这样的人。你应当努力去发现她们。

上完玛丽安娜的最后一堂课，我们简直就变得郁郁寡欢、多愁善感起来，大家都依依惜别、恋恋不舍。三个月的接触使全体学员之间的关系更近了一步。我甚至同那两个在班上大献殷勤的“超准爸爸”磨合得差不多了。不过也仅仅是“差不多”而已。

然而亲爱的读者，一个符合您期望的孕期培训班到底应该是什么样子的呢？当然，每一个这样的培训班从原则上说都是要为“准妈妈”（也包括“准爸爸”）作分娩的思想、心理和身体上的准备，以便她（他）们减轻惧怕心理、获得有关知识、增强主动性和积极配合的意识。即便是在一个比较保守的医院，如果孕妇知道该做些什么，院方也是很高兴的。但是，她们的主动性和积极性可以或应当发挥到什么程度、她们在多大程度上可以或应当参与决策，这在专家们当中意见是颇不一致的。

在这里，就指导思想而言，从原则上来说各种培训班可以分成三大派。要是读者在某培训班的宣传材料上看到该班是按里德、拉马泽和齐尔格雷的思想办班的，那么那里传授的就主要是分娩各个不同阶段所需的某些呼吸技巧。根据英国医生格兰特利·迪克·里德的说法，要通过让孕妇获得足够的有关知识、掌握正确的呼吸以及其他松弛技巧，去克服惧怕心理和肌肉紧张，从而达到减轻疼痛的目的。在实行拉马泽主张的培训班上，做法与此类似。只是在这里丈夫在监控呼吸方面的作用得到更大的发挥。在运用齐尔格雷（这是齐罗和格雷辛两个名字的组合）方法的培训班上，则是传授一些如何战胜疼痛的技巧。不过，这些培训班显然如《双亲》杂志以一种有点像描写士兵的语气所说的，只“适合那些操练时好动脑筋和心甘情愿服从严格纪律的妇女们”参加。

第二个大派别可以粗略地称之为远东式松弛法和治疗法。传授孕妇打坐或静卧的技巧、教会她们亚洲特有的体操或者瑜伽功——这些便是这类培训班的教学内容。谁要是对这类冥思入静技巧有着比我妻子和我更开明一些的态度，而不似我们这般保守，来参加这类培训班的人的确就能得到很大的收获。

对了，除此之外当然还有数量相当可观的孕期培训班：这类培训班完全不以远东技巧充作教学内容，而且在任何方面都不受某一“学派”的约束。它们多半由医院、居民活动中心和其他居民咨询机构举办。当然在这些地方“无痛分娩（柔和分娩）”的理论也被传得沸沸扬扬。现在恐怕再也没有谁会说出“分娩的阵痛使女人高贵”或是“医生和助产士定会告诉您以后怎么办的”这类套话了。幸亏这样的时代（几乎）已经成为过去。这些培训班的确可能非常好，不过它们往往更多地以“学院式医学”为指导思想。我这话的意思并不是说这是错误的。但是谁要是想有尽可能自然的分娩而不是总把“仪器医学”的恩泽看成人类智慧的终极结论，谁最好在刊登各类孕期培训班广告的报刊上去找一找拉马泽、勒布瓦耶或者里德的名字。

不管办班者宣称自己属于哪个学派，重要的是在培训班上一定要谈到“准父母”的各种惧怕心理、他们的种种感情变化以及他们各种各样的其他问题。总之请您先问清楚情况再参加。当然，事先将培训班的教学计划逐条逐项地弄个一清二楚是不可能的，可是从其对一些核心问题的回答，完全可以推断出该培训班的质量如何。比如，要是对前来咨询的夫妻说：婴儿在母体内位置不对（例如头朝上）就必须做剖腹产，那么我坚决主张这对夫妻换另外一个培训班。因为许多助产士和医生对此有完全不同的看法，在一个好的培训班里，这方面的知识也是必须讲授的。

8. 在家？在救护车上？还是在高科技医院？

——最后的决定

“对，到时候就在这里接生，”女助产士指着一张典型的医院病床，用刺耳的嘎嘎声说。这张病床四周摆着一些看上去挺吓人的医疗器械。我们这是到离家较近的几家医院看看、了解一下情况。是啊，今天我们可以自己选择孩子最好在哪里出生，这真是件幸事！这儿的这一家恐怕不行——我们一进来就立即在心中断然作出了这个决定。“太传统、医院味道太浓。”——在离开时，我们又给它作了这样的鉴定。此外我们还觉得那位值班女助产士根本就不像是一个将孩子接到我们这个世界上来的温柔善良的白衣天使，倒是更像一个审讯犯人的专家。也许她这个人非常内行、能干吧，可是吉莎已经在孕期的第六个月里，在这样的时候我们的神经是非常非常敏感和脆弱的。只要谁说话不是柔声细语、脸上不是带着和蔼可亲的表情，那么谁在我们当时的眼里简直就是一个十足的暴徒！

话说回来：当时我们去看了好几家医院。许多医院都为“准父母”们举办专门介绍情况的晚间报告会。在那里，医生和助产士们一五一十地讲述在他们医院生孩子的具体过程，讲完之后，大家就蹑手蹑脚走进产房，瞪大充满恐惧的双眼，仔细观看那个不久的将来就要办那件大事的场所。您一定要好好地看一下多家不同的医院，差别是相当大的。有些产房就像军队的野战医院，有些像是宇宙空间站，而另一些看着叫人感到舒服。在这样的介绍晚会上也有机会向医务人员作详细的咨询。这样一来，你就能迅速确定这里的基本条件是否符合自己的愿望，例如，能否认真考虑接受父母进行无痛分娩的要求、能否让孩子所有的时间即包括夜间都待在母亲身边等等。

我在这里谈到医院，好像它们完全不言而喻就是孩子出生的唯一处所似的。我们这里也的确有百分之九十以上的分娩是在医院进行。然而并非在别的地方就不行。可能的情况还有在家里生孩子或者到一家分娩中心[1]去做门诊分娩。我们两个讨论了各种各样的可能性。也许吉莎内心深处非常希望就在自己家中把亨利生下来，像以前几代人几乎所有的妇女那样。但是第一，她自己对这样做有点害怕，第二，只要一想到这一点我立刻就歇斯底里大发作。“什么，在家里生孩子？难道你疯了？”当吉莎仅仅随便开个玩笑，说她原则上很乐意在家里生时，我一下子就急得说话都结巴起来，当即用一些非常激烈的言辞绘声绘色地大讲各种可能出现的麻烦和岔子。按预产期亨利应该是二月六日出生，于是我便把我们怎样由于遇到了紧急情况而不得不在那遍地冰冻的街上老牛破车般艰苦地一点一点地向医院爬去的惨状作了一番十分富有戏剧性的描述，吉莎疼得在后座上打滚，助产士坐在她身旁嘴里抽抽噎噎地嘟囔着“我可是确实没想到会出现这种情况啊”。

我这种对世界末日景象发挥出来的极其丰富的想象力，逗得吉莎开怀大笑，但她接着安慰我，并向我

① 分娩中心：德语为 Geburtshaus，或可译为“分娩所”，在德国不少城市都有这种机构，大城市甚至有若干家。不同于医院产科分娩的是在这里分娩无需住院，而是由助产士接生后观察一两个小时就可以回家，月子期间仍由助产士照顾。这种分娩机构同时也提供产前检查、产前培训等服务。

坦白承认：要她在家里生第一个孩子她本来也是没有这样的勇气。对下面这一点我俩的意见完全一致：我们决不打算采取常见的那种在医院生完孩子又接着在那里住一段时间的做法。吉莎觉得生孩子后不能立刻回家并且在头几天里有时要和我分开这种想法很荒谬，难以接受。“在那些日子里我可不愿周围全是陌生人、让别人给孩子包尿布，我一定要在家里，充分享受老公你对我无微不至的宠爱和照顾！”她这是毫不含糊地提出了要求。我对她的意思表示一万个赞成。想想看吧，在经过了那一切激动忙乎之后居然不跟老婆孩子一起而是孤孤单单一人回家，然后再同样

形单影只地蹲在家里——只要想一想这点我就觉得实在太可怕了。所以，对我们来说可以考虑的只有门诊分娩一法，这就是：在一家医院生下孩子后，如果没有出现意外复杂情况就立即乘车回家。我们甚至已经物色好了一家医院：它离我们家大约三十公里，其产科声誉极好，被誉为“温馨的家”，因为这家医院竭力争取让孩子能很自然地生下来。去这家医院还有一个好处是我们当时已经同在这里工作的一位女助产士交上了朋友。这就是说，此处条件极为有利。于是我们就去那里挂了号，心里感到非常高兴。唔，不仅是高兴，我们将享受到无比的舒适和温暖！

这种兴高采烈的情绪，一直持续到我同我的几个男女同事谈起这件事的时候才中止。当我把我们这个决定告诉克里斯塔、扬、彼得拉和迪特尔时，他们脸上带着讥嘲的微笑冷冷地直摇头，然后作不祥的预言说：嘿嘿，这样一家“温馨医院”真是好得很，好到登峰造极的地步！但是对不起，要是换了他们，那他们是决不去那种地方的！老实说吧，那太危险了！要是那一会儿出点什么岔子——大多数医院里都没有儿童急救站——，那么灾难马上就临头了。在这个问题上他们四个的意见完全一致！对他们来说，只能考虑去高科技医院，不管这些医院多么冷冰冰、多么没有人情味！

这番话当然又使我心里完全没有底了。我是无论如何也不想去冒险的。我对吉莎谈了自己的顾虑，详细介绍了我那几个同事的警告，然后坦白告诉她我准备转变立场了，从勒布瓦耶的学生变为仪器医学的信徒。然而这些都不能动摇吉莎的意志。“你究竟想干什么？”她问道。“我这里还是一切都按计划进行。到目前为止什么复杂情况也没有。干吗要我躺到那样一个讨厌的大得吓人的医院去？”她甚至声称，一所“气氛让人恶心”——可能里面的工作人员个个都带着一副公事公办、冷若冰霜的面孔——的高科技医院，大概会使她有许多气恼和不知所措，结果呢，仅仅因为这一点她就会感到非常别扭而不能得到那她现在迫切需要的精神上和心理上的松弛。唔，这倒也是个挺过硬的论据！此外那天我也是碰巧撞上了那四个人——同事当中在“小心谨慎”这个问题上的强硬分子——才有了那场谈话。别的一些同事就很赞赏“温馨医院”。他们说在那种地方生孩子多半都比别处好得多。这局面就是，我可以选择到底想加入哪一“派”的阵营。可是现在这已经没有什么实际意义了。因为吉莎已经作出了选择！她要到汉堡近郊的那所温馨医院去。“说到底，”她总结说，“生孩子是一个非常自然的过程，同生病一点关系都没有。我就是有这样的信心：亨利和我会很顺利的。”

这就画上了句号。事情就这样拍板决定了。但是从这时起，可能出现复杂情况、之后或许又缺乏医疗器械和高明的医务人员这样一些想法会时时处处在我脑子里打转，紧紧缠住我不放了。直到亨利出生以后我才算放了心。而且那也是在人家反复向我保证——大约有十二次之多！——说小东西确实完全正常之后，我心里的一块石头才完全落了地。

9. 我老婆就要爆炸了

——分娩前的最后几周

我简直意想不到一个女人的肚子能变得如此硕大无朋！谁要是还从来没有见过一个裸体的孕妇，谁就很难设想这么个东西：一件婴儿存储器，它是一个多么惹人喜爱的紧绷绷、光溜溜的尤物！那是分娩前四个星期。这时为了防止以后出现妊娠纹，我为她作按摩，我执行起这个任务来简直就像入了迷、着了魔一般。亨利像个野小子一样在吉莎大圆球般的肚子里胡乱折腾，而我呢，一边往肚子上涂抹乳霜，一边给他讲述最最惊险离奇的故事。只要设想一下他兴许在妈妈肚子里就可能听见我的声音，而且以后还会认出我的声音——仅此一点就足以使我兴奋、高兴得晕晕乎乎、忘乎所以了。吉莎在这段时间里心情也很好。虽然大肚子使她行动越来越不便，但她觉得受到我体贴入微的关怀照顾是一种美好的享受。对于我搞的那套和亨利进行父子对话的游戏，她乐得不可开交，但当我时不时过于放肆，胡说八道起来时，也喝令我收敛一些。有一次，我想把我崇拜的偶像弗兰克·扎帕①的音乐介绍给我们的小不点儿听听，可这个图谋立马就被她粉碎了。“我听了会流产的，”她威胁说，于是我只好第一百次放送汤姆·佩蒂②和他的伤心人乐队的歌曲。这类唱片吉莎很喜欢，她认为适合孩子听。今天我时不时也给亨利放扎帕的唱片。他挺喜欢听，唱片里发出的那些奇怪的声响，常常激起他嘻嘻哈哈大笑。但如果放的是汤姆·佩蒂的曲子，那么他就会又是挤眉弄眼、又是发狂似地手舞足蹈。人们经常引用的胎教，看来起的作用极佳。

到产前三周时，吉莎已经渐渐感到相当不自在了。有时她根本不知道该用哪种身体姿势才能使自己那圆鼓鼓的肚子不太碍事。怎么说这个阶段的子宫重量已经相当于怀孕前的大约二十倍了嘛。特别

① 弗兰克·扎帕（Frank Vincent Zappa, 1940—1993）：美国作曲家，歌手，唱片制作人，其音乐作品涵盖摇滚、爵士和管弦乐等不同风格。
② 汤姆·佩蒂（Tom Petty, 1950— ）：美国摇滚歌星，1975年组织成立了“忧伤歌星乐队”或译“伤心人乐队”（The Heartbreakers）后迅速走红，为摇滚歌迷们追捧。

是她经常感到睡觉有困难，因为常常不能随心所欲地翻身。

可是一切迹象都说明还有较长的时间才到临盆的时候。这时吉莎除继续不断发胖之外，感觉不出身体有什么变化。

我们甚至还坚持有规律地每晚外出散心，但注意尽量不参加人太多的聚会或者声音太嘈杂的活动。有一晚我们应邀去参加一个唱片欣赏晚会，据说没有乐队演奏，但有意外的惊喜。我们去了，经历了一次小小的灾难。原来，“深紫社”的老先生们光临晚会就是所说的惊喜。当这批人在舞台上出现、被介绍给听众时，场内突然亮起刺眼的灯光，爆发出一声震耳

欲聋的巨响，以至于亨利在吉莎肚子里立马翻了一个大筋斗。吉莎站在人群中间，用双手捧着肚子，脸上立时笼罩上一堆愁云。于是我们赶紧离开了会场。这样厉害的噪音，是不是已经对孩子造成了伤害？我们心想。因为以前还从来没有见亨利有过如此剧烈的反应。不过在电话咨询了负责为吉莎接生的助产士希尔克后我们便放心了。“你们不要经常去这样的地方，”她说，“但是一次两次受点惊吓对孩子倒不至于造成什么伤害。”

从那以后我们就尽量避免参加任何有可能出现强烈声响的活动了（顺带说说：如果我没有记错的话，“深紫社”的老伙计们也被那突如其来的巨大轰响吓得够呛）。

在孩子出生前的最后几个星期里，吉莎的情绪不大稳定，常常从满不在乎、泰然自若一下子变成怕这怕那、忧心忡忡。她会突然想到：事到临头自己可能真的承受不了这一切，怎么说自己现在就做母亲还太不成熟，甚至又产生了她生孩子时也许会死那样一种荒唐的恐惧心理。我努力对她表示充分的理解，希望她这种极度的情绪低落能渐渐自行化解以至完全消失——事情也果然一再如我所愿。另外我们在孕期培训班上学过：临近生产时，惧怕心理和低沉情绪都不是什么不正常的现象。不管怎么说，分娩这件大事到来的日子是渐渐逼近，并且近在咫尺了。面对女人在这种时候即将经历的巨大考验，我是完全能够理解任何一种突然发作的惧怕、怯阵心理的。我得老实承认：在这些日子里我万分庆幸自己是个男的。我是坚决想要孩子的，但是我仔细地看看吉莎，看到她那越绷越紧几乎快要炸裂的肚子，再设想一下短短几周后她就不得不把一个五十多厘米长的孩子硬生生通过产道挤压出来——我心中便油然而生对女性的崇敬之情，她们创建了如此伟大的功勋，令人肃然起敬！

日子一天天过去，我真有点度日如年的感觉。现在情况对吉莎来说真是越来越艰难了。生产前两周她几乎没有哪一夜能睡上一个安稳觉，她后脊梁感到疼痛，而大肚子则白天和黑夜都处处碍事。我们一致认为：其实现在亨利可以来了。总的说来吉莎对怀孕很适应，孕期心情一直非常愉快，但是现在她已经很想让自己的肚子恢复原来的正常状态，特别想把盼望多时的小宝宝抱在自己怀里！我和她的心情完全一样。我觉得自己各方面都作好了准备。孕期培训班学到的东西我样样都还记得真切。我相信自己有能力应付一切局面。到医院去的那段路我们也开车跑了好几个来回，以便到那一天可以安全、迅速、顺利地到达目的地。就是说，现在就生实际上是毫无问题的。可是离二月六日还有两周，而照目前情况来看，似乎亨利又不打算在预先估算好的日子以前也就是提前到这个世界上来。吉莎甚至以为他一定会迟到很久，因为她还几乎没有觉出任何临产前的典型预兆。

她现在在编织一些小巧玲珑的婴儿衣物，全当消磨时间，我仍然每天去上班，在那里向同事们宣布：妻子恐怕还得有一段时间才生孩子。

新生儿需要的全部用品，我们都已经借到或者买来。另外还买了一个为汽车特制的儿童安全座椅装到车里，这个座椅再加上一个架子也可以改装成儿童车。我们还从朋友处借来一辆推车——这是一个篮子，下面用螺钉与一个带轮的架子连接。我在五斗柜上面装了一块换尿布用的小平台，平台上又安装了一盏取暖灯，为了以后小家伙换尿布时不至于冻着。这一切全放在我们的卧室里，这就是月子期间我们三口人在家里的活动中心了。

我有时独自一人站在这间屋里，看着装有婴儿“更衣”台的五斗柜和带轮子的摇篮，心中急切地希望着一切顺利，希望我们的小亨利不久后能在那儿躺着“拳打脚踢”。我虽然竭力藏而不露，但对生孩子也有惧怕情绪、也时时在担惊受怕：为吉莎担心、为我们俩的孩子担心。不过我总是竭力将这类情绪压抑到内心底层去。如果吉莎在这些日子里还得看着我愁眉苦脸地在她周围转悠，那么这对她来说真是“锦上添花”（读作：雪上加霜）了。

到了一月底，我越来越坐立不安。“哎呀，早到时候了，怎么老是磨磨蹭蹭不出来！”我发着牢骚。然而吉莎只是摇头表示反对。“小家伙还需要在里面再待一些时候的。”

怪话尽管说，事情还得做：我仍然认真负责地让油箱里时时装满汽油，并做好了清除各路段可能有的冰雪的准备，因为外面一天比一天冷了。现在我晚上一口酒也不喝，而且经常在脑子里回顾那条去医院的路，行车路况颇为复杂。我们那个用来装孕妇证明书、婴儿服、毛巾、坐垫、卫生用品、准爸爸的口粮（产妇则因为考虑到有可能剖腹产而不得进食）等东西的入院待产包，这时还没有往里装这些杂物。吉莎说现在干这个还太早太早。

我却不敢苟同。但是她坚持在合适的时候由她自己来装包。后来，因为孩子出生的时间到底还是比我们估计的提前了几天，于是就只能手忙脚乱、匆匆忙忙地把最必要的一些东西装进去，为这，我絮絮叨叨地数落了吉莎一顿——不过这是在生孩子以后很久的事了。

吉莎分娩前的最后几天，我的情绪越来越低落，终日郁郁寡欢。不错，我心里为我们的孩子即将出世高兴得要命，可是同时又感到：现在，我的一个生活阶段宣告结束了。难道这就是与青年时代的诀别？我们现在已经肯定是真正的成年人了吗？唔，还得看看情况再说，我心想。不管怎么说我已经决定从亨利出生的那天起就同他一块儿搞各种各样胡闹的事，以便他将来成为一个幽默风趣的人。这个目的我事实上也达到了。今天，小东西只要不是正好在大发脾气——因为我们没有在千分之一秒的时间内把他狼吞虎咽一扫而光的空盘子续满——，他就几乎总是嘻嘻哈哈，笑得前仰后合的。

当时我时不时也冒着严寒、摸着黑在我们的那块地皮上从这一头走到那一头，同时设想着、规划着以后同亨利一起在哪里挖一个地洞或是搭一个棚子的方案。当时离完全还清购房贷款还差得很远，但是我下定决心：一旦亨利听得懂我的话，我就要每天晚上抱着他出去，指给他看我们的地和我们的那所屋顶亟待修缮的小房子，然后郑重其事地对他说：“我的儿子，有朝一日这里的一切都是属于你的！”不过这话说得不对了：这房子在亨利刚刚开始学抓东西时就已经有一半属于他，而等到他会走头几步路时，就终于蛮不讲理、又抓又抢地把这份产业全部据为己有了。

10. 大肉虫子

——分娩

亨利最后是比预计期提前三天出生。那是一个星期日。头天晚上，我们请好朋友海柯和瓦勒利吃晚饭。那一天吉莎在电话里同我们的女友兼产婆希尔克没完没了地闲聊，整天都没撂下听筒。她翻来覆去地对希尔克说自己心里非常有底：看来还得有些日子才会生哟。她聊得倒是挺自在，却让我一个人在厨房里忙活，“橘汁儿鸭脯”做了一半便卡壳在锅里不上不下，弄得我没好气地一个劲儿嘟囔。当她终于放下电话听筒赶到我这里来时，我已经被挤兑得手忙脚乱、满头大汗了。不过尽管腆着大肚子，她还是快刀斩乱麻，嘁里喀喳几下就把这道菜做好了。结果是这顿饭刚做好客人就到了。

那天晚上我们过得相当快活。对即将临盆一事大家只简单聊了几句。可是，夜里吉莎躺在床上第一次感到脊背胀痛起来。除此之外她说她还有“一种莫名其妙、滑里滑稽的感觉”。“唔，那恐怕是就要生了呗！”我打趣着，压根不知道自己的话究竟有几分是对的。接下去一夜平安无事。真是奇怪，吉莎虽然脊背疼，但还是能睡得着！她入睡后我还醒着躺了一段时间，心里老是惦记着“是否明天就到时候了”这档子事。“肯定不会的。我们连准备带到医院去的待产包都还没有装好呢，”我一边自言自语，一边翻了个身，就好像这是阻止吉莎明天分娩的具有决定性的一着似的！

大约早晨九点钟，吉莎再次感到疼痛，而且比头天剧烈了。特别是后背疼得很厉害。这是二月三日，距推算出来的预产期还有三天。早饭后，疼痛成为间歇性的，一次比一次严重，于是我们决定打电话给希尔克。“吉莎这里有情况，”我嘴上虽然这样说，心里却总觉得那不过是某种习惯性的疼痛罢了。希尔克的反应也与我的想法完全一致。“先别着急，”她建议道，并说再过两个小时情况就会更加明朗。好吧，我们等着。更正确些说是：我等着。而吉莎呢，她是每隔三分钟就在床上打一次滚，现在疼得特别厉害。“哎哟，真是疼死人了，”她在那里叫苦连天，可这时她还不知道更难受的还在后头呢！

我决定立即采取积极行动，先去放满一浴缸热水。据说，温水一泡就能将“阵（真）痛”还是“假痛”很清楚地区别开来。因为假痛往往在泡澡以后就自行消失。吉莎到了浴盆里以后疼痛也真的减轻了一些。于是我心想：原来并不是快要生了，不过是个虚假的先兆而已！可是吉莎刚跨出浴盆就又疼了起来。“好吧，”我说，马上开始卖弄我这名孕期培训班合格结业生的能耐，“现在我们就一块儿来用呼吸法止疼。”但是—— 一切理论都是灰色的——，要做到这点谈何容易！我们正在起劲地做呼吸操，希尔克来电话了，我当即把吉莎的现状告诉她。这一次她警觉起来：“这会儿还一直在疼吗？是不是每隔一定时间就疼一次？你们先稳住，我说话就到。”

我的紧张心情立刻缓解了一些。“希尔克就要来了，她会张罗的，”我对吉莎说，她躺在床上，脸上露出一丝苦笑。午后近两点时，我们的助产士按响了门铃。总算来了！阵痛不断，愈演愈烈，吉莎疼得一刻不停地在床上来回翻滚。希尔克看着我，向我点头示意。她的经验告诉她：到时候了！她带来了一台从一位同事处借来的阵痛记录仪，把吉莎“绑”起来，开始测量此时十分剧烈的宫缩情况。然后她又为吉莎作检查，事情立刻就非常清楚：必须马上出发！子宫颈口已经开了三厘米。我这个人很快就急躁起来，而吉莎虽然肚子疼，头脑仍一直保持清醒，她告诉我哪些东西要带去医院、它们都在哪里放着。给我这个当爸爸的预备的那些吃食我就不想带了。可是希尔克让我到厨房里去把面包片都涂抹好，“这个我们等会儿用得着的，你只管听我的没错，”她说。我照她说的去办了。

又忙活了一阵之后，我们终于登上了去医院的一小时行程。希尔克说，现在去那里无论如何还能赶得上趟。吉莎表现得很勇敢。当时我心里为有这样的妻子感到无比骄傲。因为要是换了我，恐怕早就一蹶不振，想叫救护车了。她坐在我们自己家汽车的后座上，里三层外三层地将全身严严实实地裹上了毛毯，肚子痛得那么厉害，还在那里连连指点我走哪条路线最好！原来，忙乱到了极点的我，竟开车走了好几段小小的弯路。每逢这样的时候吉莎的声音便突然在我身后响起来：“快开到主道上去，你这个小傻瓜。”这女人我真是服了！

下午四点二十分，我们终于到达了目的地。希尔克马上占领了那间中号的（也是最好的）产房，接着我去挂号。我们一到产房就立刻感到很舒适，因为这里的整个气氛同一般人心目中的医院很不一样。朦胧柔和的灯光，一张更像温馨的家居卧榻、宽大的产床，还有那些当然是十分隐蔽地放在不引人注目的地方的医疗器械，处处显得不同凡响。身在这个地方，你并不感觉分娩是一种“病”，反倒觉得生孩子虽然紧张、累人，但说到底终归是个完全顺乎自然的过程。当然，我今天所以能这样写，是因为当时一切都顺利地通过了。要是那天出了什么意外的复杂情况，那么我还是宁肯到一所有高科技设备的顶级医院去的。话说回来，到达产房之后，希尔克再次为吉莎作检查，高兴地说宫颈口已经开到六厘米了。这就是说，吉莎的痛苦和劳累并没有白费——事情已然有了进展。当然，这一进展对于这位准妈妈来说需要付出的代价是：没有丝毫喘息时机。现在，阵痛非常规律地每隔很短的间隙就来一次，吉莎几乎没有一点时间可以稍稍休整一下。我们从玛丽安娜办的培训班上学来的那套松弛体操起初几乎完全用不上。但滑稽的是吉莎竟偏偏记住了我们当时认为最没劲的一条，要求面部完全放松，做出一副有点傻乎乎的表情，据说这样能使全身自动松弛下来。阵痛时她经常想起这一条。于是现在她也摆出了这副呆头呆脑的“傻”样——而且看来这的确管用！

对希尔克这个人我真是佩服得五体投地。她老是沉着冷静，遇事不慌，对一切都心中有数。我在吉莎这次生产的过程中才明白了“接生婆”即助产士所起的作用极端重要。最初我对她的能力还有所怀疑，心想一定随时会有三四个医生拿着各种仪器飞跑进来监看我们三个在这里是怎么干的。渐渐地我明白过来：一般地说接生都由助产士负主要责任，医生往往只在出现并发症时才发挥作用。再说一遍：所有这些都是我在一次完全正常的产程之后得出的结论。碰到复杂棘手的情况时应当怎样，我就说不好了。

接下去，一次阵痛接着一次阵痛，就这样持续了好多个钟头。多么痛苦啊！吉莎快到忍无可忍的地步了。我呢，现在也被这种消耗战磨得心烦意乱、疲惫不堪。你看，我就那样坐在那里，眼巴巴瞅着我的妻

子疼得浑身发抖、不住呻吟、大声叫唤而无能为力，除了只会抚摩她、给她按摩几下和说几句安慰话之外一点忙也帮不上。我虽然力图劝说她要有信心，可是自己心里已经暗暗在犯嘀咕：兴许有什么地方出了毛病吧？而这样一想，心里就害怕起来。在这段时间里我有好几次到外面去抽一支烟、待几分钟。本来我是根本不抽烟的人，但是在极端紧张劳累的时候，尼古丁在我身上引起的轻微的眩晕感能使我心情平静。此外——我悄悄跟自己打趣说——，一位连续不断地抽烟的父亲，怎么着也应当是“孩子出生”这幅美妙的全景画中一个不可或缺的元素吧。到了外面，在那冰冷的空气中我确实也感觉心情平静了一些。天已经完全黑了，我看着四周所有亮了灯的窗户，对自己说：那里面的人们不管出生时经历了些什么也都安全地来到了人间，看来我们家的这个新来者也会是这样的吧。说来说去，目前并没有任何迹象预示这会是一次冒险的分娩嘛。

走回产房去时，我半路上老远就听见吉莎在哼哼了。“但愿这种痛苦很快就能过去，”我想，同时问自己：吉莎究竟还能坚持多久呢？原来，她为了避免对孩子和自己造成危险，坚决要求不上麻药。

然而她最艰苦的时刻还在后头呢！大约晚上八

点，可怕的“过渡性阵痛”开始了：吉莎浑身剧烈地颤抖着，并由于巨大的疼痛而开始全身痉挛。后来她告诉我，当时她看着什么都好像隔着一层纱。此刻，生命对她来说只剩下一组简单的节拍，那便是：阵痛——间歇——阵痛。我怀疑她是否还能坚持很久。希尔克试图稳住局面。“是的，这种疼法真叫人受不了，”她顺着吉莎的意思说，“不过这阵子过去以后就会好些的。因为到那时孩子就快出来了。”“但愿如此，”我一面这样想，一面力图将正在冒头的恐慌情绪强压下去。为什么恐慌？因为眼前这种场面我渐渐地实在是看不下去了。当时我脑子里飞速闪过了诸如“自然力”、“兽性”、“野蛮”这类概念。我们的孩子在我心目中变成了一条粗大的肉虫子，它正在用一种只有妖怪才有的极端凶猛的力量，从黑暗中为自己开辟通向光明的道路，而这条路对它这个怪物来说实际上又太狭窄，于是为了能顺利通过，它便使用巨大的暴力硬使这通道变宽、变粗。过渡性阵痛在我的感觉中成了一个十分漫长、无休无止的过程。雪上加霜的是，现在亨利的心跳也变得不大正常，看样子产程对他来说是太快太急了点。希尔克请来了一位名叫汉娜的女医生，她们两人决定给吉莎抑制一下阵痛，让亨利有一点休息时间。我立刻取来了必需的医疗器具。由于我无法把刚才发生的这段插曲纳入正常的分娩过程，便想：现在什么都乱套了。我一脸愁容，两眼发直，视而不见，只是一个劲儿地发愣。但是这次休息对吉莎和孩子确实有好处。在此之后阵痛又继续下去，甚至比刚才更加严重。希尔克决定现在打开衣胞加速分娩。羊水是绿色的，这不是很好的兆头。吉莎很明显地在抽搐。最后希尔克也有些不耐烦了，她说："唔，现在亨利非出来不可了！"她搬来一个产凳，扶吉莎坐下，让我站在吉莎身后。这时开始全力进行挤压了。女医生汉娜又一次来到这里。希尔克拿起了所需的器具准备做一个小小的会阴切开手术，因为她估计亨利的头对吉莎来说恐怕还是稍微宽大了一点。

当时，所有这些我都只是在一种迷迷糊糊的精神状态中看到和听到的。这小东西究竟要什么时候才出来啊？——只有这一个心思主宰一切。不过接下去事情有了突破性的进展。原来，在紧接着的阵痛中，吉莎已经可以用手摸到亨利的头了。唔，他马上就要露脸了！吉莎在做她现在唯一能做的事：挤压。停止挤压。再次挤压……就这样周而复始地不断做下去。希尔克一边小声为她打气，一边开始用双手帮忙。汉娜把剪子放到应有的位置上，剪开了一个小小的口

孕期培训班我跟着她一块儿去了，妊娠操我也跟着她一起做了，她分娩时我还在旁边朗读了《无痛分娩法》，这些到底有什么用？什么用处也没有！到头来吉莎完全另搞一套！

子。就这样，到了晚上九点三十四分，姗姗来迟、令人望眼欲穿的那个时刻才终于大驾光临："哧溜"一下，亨利出来了！一出来他就大哭大叫。汉娜和希尔克以比较迅捷的动作为他剪断了脐带，然后把他放到婴儿柜上，将他身上的水吸干。这是很必要的，因为羊水已经是绿色的了。尽管比预产期早了几天，亨利也还是早就到了"瓜熟蒂落"的时候：这从他那长长的指甲便可以看出来。我纹丝不动地坐在吉莎身边。这时她体验到的第一个感觉就是轻松，因为那剧烈的疼痛完全过去了。至于说到关心亨利嘛，她现在还没有这个气力。不过在暖灯下完成了最初的婴儿护理之后，小家伙终于被抱过来放在她的肚子上了。二十分钟后，他就在吉莎怀里拼命地嘬起奶来。看吧，这就是他，我们的儿子！一个小不点儿，浑身皮肤皱皱巴巴的，但那样子已经非常非常可爱了！可我立刻又开始——真是典型的喜欢杞人忧天、庸人自扰的凯斯特——为这孩子那双看上去似乎有点斜视的眼睛大大犯起愁来，甚至已经隐约觉得亨利是个"先天愚型"婴儿了。但是别人说服了我，让我知道：所有的婴儿在刚从产道中硬挤出来的时候都是这副模样。

现在，整个产房里笼罩着一种紧张空气消退之后的平静气氛。我们拍了几张照片，然后我就给小家伙洗澡。啊，现在终于亲眼看见了自己的儿子，终于可以用手捏住这个活生生的小东西了，这滋味实在是美不可言！护士又给亨利打了一针维生素K（这一点下面还要细讲）。打针时他当然胡乱打挺儿、乱扑腾一气：哼，刚来到这个世界上就欺负我！吉莎现在正受到外科方面的护理。一位新来的女医生（汉娜下班了）为她缝合会阴上那个小小的伤口。希尔克和我坐在产床床沿上随便聊着刚才的分娩过程，奇怪的是吉莎恰恰觉得这种气氛很能消除疲劳，能让人轻松、舒适。是啊，尽管做了那个小小的“手术”，但总的说来这里的气氛终究不像是在医院里。最后我们全体一起撤出产房，搬到另外一间小的分娩室去，在那里大家可以好好休息一下。我们在那里坐下来，瞪大眼睛仔细地“观赏”了一番这个小小的新生命。之后我们就决定按原定计划行事，当夜就回家。希尔克也随我们回去，住在我们家，第二天早上就开始产褥期护理。接着我去给孩子的爷爷、奶奶、姥爷、姥姥和我弟弟格拉尔德打电话，并为希尔克、吉莎和我自己买了点饮料回来，因为现在大家渴得嗓子都冒烟了。

这时我还有那么一点犹如置身事外、什么都不在乎的感觉。一方面感到如释重负、轻松快活，但同时又很奇怪地觉得似乎这些事都与自己无关。我感到刚经历的这一切好像是看了一场电影，与自己并无切身的利害关系。这种感觉确实很怪，但它可能是刚过去的这十二个小时疲劳轰炸引起的一种心理反应吧。我向汽车走去。外面漆黑一片，寒气刺骨。天气预报说过有路面冰冻。擦净了挡风玻璃之后，我又独自在车旁站了一会儿，远眺夜空，心里对上帝充满了感激，是啊，现在一切都顺利地安然度过了！这话听起来或许有点蹩脚文学作品的味道，但情况的的确确就是如此。紧张的心情渐渐从我心头消散了。

我又走回分娩室去。现在吉莎和亨利躺在一张小床上。小东西已经穿好了衣服，头上还戴着一顶所谓的“魔鬼小帽”，这是一种手织的尖顶毛线帽。这么一打扮，小家伙看上去实在太可爱了。吉莎也显得心情非常愉快，但说话不是很多。后来她告诉我：当时她就是只想充分地享受、领略我们三个待在一起的美好情趣，所以不想多说什么。她说，在当时的情况下每句话她都觉得多余。可是我好像替她把话都说了：我叽里呱啦、喋喋不休地讲了一大箩废话！

一个小时后，我们下楼向汽车走去。吉莎居然能下地走路了，这使我惊异得目瞪口呆。亨利——被数不清的包被一层又一层地裹得严严实实——已经在那里挤眉弄眼，做出煞有介事的表情，就像他日后很喜欢的那样。回家的行程开始了。我开车分外小心，简直到了谨小慎微的地步。将近凌晨两点钟我们总算是磨到了家。吉莎抱着亨利立刻躺下，我用猪油为希尔克和自己煎了几个荷包蛋：在一次如此艰辛的劳顿之后，我们很需要补充一下自己的营养。吉莎什么也不想吃，她只想躺在床上欣赏自己经过十个月苦心经营、造就成功的这一杰作。到了凌晨四点钟，大家都上床睡觉了。更正确些说是我们都试图睡觉，但终因心情过于激动而未能成眠。吉莎和我手拉手地并排坐在一起，仔细地观察着我们的儿子睡觉时的动静，谛听他的呼吸，在他身上嗅来嗅去（吃奶孩子身上那股味道闻起来真是沁人心脾，没治了！），那种感受实在是太美、太滋润，全身没一个毛孔不舒坦！

只是到了后来，当我们听别的夫妻讲述他们“得子”或“得女”的经过时，才明白了在我们这里一切进行得是多么顺利！然而要说我们的经历对于分娩过程具有典型性和代表性，那也未免言过其实。《双亲》杂志对一千一百个妇女作了调查，结果表明：大多数年轻夫妇在女人分娩后都有各种各样完全正当的不满情绪。例如，虽然有百分之八十的准妈妈自己挑选了医院以便有可能采取不同的分娩姿势，但是有百分之七十七的人最后仍不得不躺着生孩子。原因要不就是浴盆恰好不空、产凳出了毛病，要不就干脆是没有时间进行“实验”。而生孩子时试着采用不同的姿势是非常重要的。我们的情况不也是在吉莎坐到凳子上去以后才推动了产程顺利向前发展的吗？除此以外，许多产妇还抱怨说她们受到严格管制和冷漠对待，总之都有一种不够受重视的感觉。《双亲》杂志采访的一位妇女总结说：“看来，得在分娩前参加一个叫做‘如何在医院里力争得到应有待遇？’的培训班才行！”

由于存在着这些不满和抱怨情绪，人们在选择医院时尽量细心些就加倍重要了。请您仔细地去打听、向朋友和熟人问清楚：某某医院的产房人员究竟是否能在关键时刻把他们在介绍晚会上说得相当动听的承诺一一兑现？要是存在怀疑，那就宁可挑选另一家。特别是希望您事后对“空头支票”和糟糕的接待作出投诉，并向尽可能多的朋友进行宣传。惟有这样才能使现实有所改变。因为各家医院都在力争得到尽可能多的产妇以使它们的床位满员。任何信誉糟糕的医院，长此以往都难以维持下去。

11. 失去了依靠

——回家后的头几天

这话听起来似乎荒谬悖理、自相矛盾：一个人怎么可能既觉得无比幸福、轻松愉快，同时却又感到无依无靠、没着没落？然而在回家后的头几天里，我同妻子和儿子在一起时就恰恰有这种感觉。我请了四个星期假，决定把这段时间全身心地贡献给我的妻子和儿子。对小亨利，我是左看右看、横看竖看，怎么也看不够，这个胖乎乎的小肉头实在太可爱了。尽管如此我也不是百分之百的快活。在高兴、轻松之余，我总感到有些茫然若失，内心深处像一团乱麻。原因就在于：转轨的角度着实是太大了！原来笼罩着我们小家庭这块“领地”的那种平静安适、二人世界两情相依的氛围，现在骤然一下子让位给一种风风火火、紧张忙乱的空气。如今我们是三个人了，任何一件事都不能再沿着原先习以为常的轨道按部就班地进行了。

回家后的最初一些日子吉莎多半都卧床休息。她妈妈按时来我们家帮忙做些家务，而希尔克则每天来进行产褥期护理。家中成天一派忙碌景象。本来嘛，我的情绪也绝对应该是处于极佳的状态，只可惜情况并非如此。于是我就竭力在她们面前掩饰自己的内心活动。说到底，我有什么必要让她们看自己的笑话呢？心里虽然这样想，可是行动上似乎仍用倒过来看的望远镜观察一切：感到自己同充满生气的现实之间横着一段令人惶惑不安的距离。"大概这种情形很快就会过去吧，"我这样希望着。

当然，亨利也像所有的孩子一样，起初夜里不能一觉睡到天亮，每过几小时就醒一回，哭着闹着要吃吉莎的奶。他的大哭大叫特别在最初一段时间里弄得我心烦意乱、六神无主。吃奶孩子的哭喊声总是忒响亮、尖利、刺耳，简直就是不折不扣地要把人从床上揪起来。这种咄咄逼人的高频震动，像许多根锋利的针深深扎进你的耳道，立刻促使肾上腺素大量分泌出来。一个人能在半夜三更刹那间从睡梦中嗖地一下直挺挺坐起来，几秒钟后便脸不变色心不跳地站在婴儿的小床旁边——这确实是一个奇迹！即使哭闹声被无数道门、无数堵墙所阻隔而有所减弱，可它的效果却丝毫不减。在年轻父母的身上很快就产生出一种超越正常感官功能的、极其敏锐的感知力：每当我们在楼下和朋友们聚会，一边听音乐一边兴致勃勃地谈天说地时，我们的头往往会突然朝着门的方向猛地一转，然后两人中必有一个一跃而起飞跑上楼。原来我们在乐曲和谈话响成一片的纷乱杂沓的声响中仍然听到了亨利的叫喊声，这一点令客人们惊诧不已——自然只是那些没有孩子的客人。

我很难适应这种夜间睡觉老被搅扰的日子。亨利睡在他的摇篮里，摇篮就在我们的床边，只要他稍微出一点声音，或者轻轻地动弹一下，我们之中马上就有一个跳下床去把这个小调皮鬼抱到我们的床上来。平时习惯了的“白天－黑夜”生活节奏，完全让位给现在“亨利要什么”交响组曲了。每天早上我都觉得全身骨头像散了架似的。吉莎也感到很困乏，但她对这一点好像不那么在乎。

我给自己鼓劲说：“你这个大傻瓜，究竟犯的是什么毛病？老婆、孩子都很健康。你们一家好好地待在自己家里，而你呢，仅仅因为不能一觉睡到大天亮就整天愁眉苦脸、装模作样吗？快点打起精神来吧，你这个没出息的熊包、懒虫，你这个泄了气的皮球！”但是，即便像这样用粗话狠狠剋自己一顿也没有用。我一阵一阵地不断觉着有种奇怪的空虚感，有时甚至发现自己渴望去上班、去工作。在那里，我是什么都得心应手，对一切都了如指掌的。琢磨来琢磨去我终于开了窍：原来，在吉莎生完孩子回家后的最初一些日子里我的感觉实际上同某人刚“跳槽”走上一个新工作岗位的头几天完全一样。心里没底、有点紧张忙乱、不断试探摸底、特别是又有一定的陌生感——这些就是人在这种时候的典型心态。吉莎可以给亨利喂奶，这就使她得到一种深深的满足。希尔克每天都来，很内行地指挥着一切。而我则只是消极地等着别人叫我干什么才干什么。所以说我只能先学会找到自己在家里的新位置，认清在现在的日常生活中自己究竟起什么作用，即所谓的“为人父”是怎么一回事。正如我对一个新上司讲的模棱两可的话起初不知该作何理解，现在我也不能解释亨利发出的种种表示。如：为什么他现在又哭又闹？他的呼吸不是很可笑吗？为什么他不能接着睡觉？我现在一定得起床吗？等等。

我一心想的就是重新获得对自己身边事物的驾驭能力，想知道应该做些什么，怎样做是对的，怎样做就错了。幸亏吉莎的心情和我完全不同。回家后的最初那些日子她显然过得很舒坦，心安理得地接受着照顾，同孩子一点矛盾也没有。得产后抑郁症的人不是她，而是我！

幸而这种状态只持续了很短的时间。我发现，治疗“早期为父抑郁症”的最好方法，就是尽可能多做事，千万不要让人推一下才动一下，可别把自己降格成跑龙套的角色。我学着为小家伙换尿布、洗澡，尽量多抱他或者用一块布包着系在身上驮在胸前。吉莎用一个形状古怪的挤奶器——这可以从药房租来用——把奶水挤出来（“你看，我真是像头奶牛了”）。我还练习举着奶瓶给亨利喂奶，出乎意料之外的是，连这件事开始时也并不那么好做。就这样，不久之后那种没着没落的空虚感就彻底消除了。我又成为家庭中的一员，知道自己该干什么了。特别有意思的是给亨利洗澡。每次我们俩总是站在他的小澡盆旁边，乐不可支地看着他那轻松自然的小脸，心里洋溢着无比的幸福。

我从附近一家音像商店租来一台摄像机用了几天，把亨利在家里“称王称霸”的许多镜头都拍摄下来。孩子两周岁以内我们大约每隔六到八周就给他摄

一次像，到现在为止我们家已经有了两盘内容极其精彩的《亨利录像集锦》，把他成长过程的每一个阶段都记录下来了。最最逗乐的是过一年以后再来看这些摄像片段，当看到最初那些日子万事开头难的情景、看到小家伙当时竟只有那么一丁点大或者看到自己有时暴露出的那副傻相时，我们都禁不住捧腹大笑。因为，吉莎也很喜欢把我每次砸锅出洋相的姿态动作摄下来。这样录像带里也有了一些揭短的作品，比如这样的“精彩”镜头：我一袖子的“屉屉”（读作 bǎ ba）、骂骂咧咧地站在洗澡间里！

我们家的人和最要好的朋友都一批批地来看望我们。我为自己有了儿子而欢天喜地，当然也感到骄傲。我的父母因为抱上了第一个孙子心里乐开了花，老两口从第一天起就把小孙孙当成神仙、当成皇帝来对待。吉莎的爸妈自然也非常高兴，不过他们不像我的爸妈那样是初次抱孙子。小老鸭和他的女友露蒂也是马上就完全被这孩子迷住了。小老鸭一见面就叫他“卡宾枪”，这是他从美国西部过去一种叫做“亨利式卡宾枪”的知名步枪产生的联想。我觉得这个外号很好玩，而吉莎和露蒂觉得是胡闹。所以它没过多久也就被“废除”掉了，取代它的是一个与此格调迥然不同的相当奇怪的名字。那是我有一次稍加思考脱口而出的“我的小鬼灵精、小怪物”。读者请别问我这是什么含义、我又是怎样想到给孩子起这个绰号的。我自己也是一点说不出个所以然来，也就是一时觉得顺嘴、好听罢了。可是打这时起，亨利就经常被吉莎、小老鸭和我称呼为“鬼灵精”或“小鬼灵精”。只是那些不知底细的人在听到我弟弟说什么“凯西，小鬼灵精又拉了”这类话时，会露出一种很滑稽的神情。

可以想见，头几天我们家的电话铃也时常响起。那是亲戚朋友和男女同事们打电话来询问情况，而每次我都跟背书似地把一连串数字报给他们听：“体重三千二百克、身长五十二厘米、二度至十二度金黄的发色、蓝色的眼睛。”虽然我为他们的热情关心感到由衷的高兴，但是时间长了也总有个腻烦的时候吧。我们的好朋友海柯也是个年轻的爸爸，他起用现代化通信技术巧妙而有礼貌地解决了这个难题：没有兴趣谈话就启动他的电话答录机，把孩子的体重、身长、外貌以及孩子出生前后最关键的一些情况告知电话垂询者。不过他这种方法并不像我的做法那样受到众人的欢迎。

到一定的时候，每天接待众多的访客逐渐变成了相当沉重的负担。刚刚把小家伙哄睡着坐下来喘口气，门铃又嘟嘟嘟响起来。

“你们好……我们恰好来这附近，想顺便看看你们的小家伙。”当然，人家对你的下一代表示关心，这总归是件令人高兴的事。可是另一方面，年轻夫妇在妻子分娩后的头两周正处于一个新情势下互相磨合的阶段，情绪极不稳定，不但神经过敏，而且极易烦躁，即使客人声称不想多打扰也无济于事。两人中总得有一个去煮咖啡、尽东道之谊吧。这样便有可能打破新建立的三口之家中那尚处于不稳定状态的平衡。送一些礼物给孩子当然是热情友好的表示。但是，最好的客人是这样的一种：自己带着方便食品来，看一看孩子便去厨房自煮咖啡，待上一段不太长的时间就说声“我们会再打电话来的”，然后告辞走人。这多痛快！

还有那种与孩子过分亲昵——东摸一把西拧一下——的做法也实在让人感到不舒服。有些人就是不明白刚生下的孩子在年轻父母的心中是个小小的奇迹和宝贝，不明白人家总觉得孩子太娇嫩所以生怕碰着、伤着（虽然实际上没有那么严重）的心理。每当有人突然伸手将亨利抱起来，把孩子举到半空中与自己脸对脸，然后在距孩子仅三厘米远的地方冲着他大喊大叫“哎哟喂，这孩子可真可爱！”时，我总是被他（她）吓一大跳。“怕什么，我不也是当妈（爸）

多可爱啊……
长得跟他爸
一模一样！

的吗！”这些鲁莽毛躁的家伙一看见我们大惊失色的表情总是这样说。另外有些人甚至还带着硕大无朋的照相机到我们家来，一进屋二话不说就电闪雷鸣、倾盆大雨，噼里啪啦地给孩子拍一大堆照片。我总觉得这样做破坏性特别大。每逢出现这样的情况，我立即为孩子的视力担心：小宝宝根本无法躲开那些强烈的光线，它们硬是在他眼前乱闪，简直可以说是在重炮猛轰他那张又嫩又小的脸！还有一次，不知是谁牵了一条狗进来，它伸着舌头呼哧呼哧喘着粗气在我们的几个房间里乱跑，弄得到处丁零哐啷响个不停，又满地拉屎添乱。唉，这叫什么事儿！人家有一个刚生下没几天的孩子，还躺在离地面很近的摇篮里呢！

我承认，我们当时也许的确有点神经过敏。但是，恐怕没有哪一对年轻父母不是这样吧？而一个来访的客人，要是不想给人家年轻的家庭带来麻烦，那么他是必须经常想到这一层的。

我特别忘不了的，是在那些天里我们第一次带亨利出去散步的情景。我们把小鬼灵精包得暖暖和和、

严严实实放到他那辆儿童车里，以蜗牛一般的速度小心翼翼地推着他走过我们那个白雪覆盖的小镇。啊，我们是多么骄傲哟：一对年轻夫妻，带着自己的孩子，小家伙舒舒服服地躺在他那条柔软、暖和的被子里，瞧他睡得多香、多甜！遗憾的是在整个散步过程中我们没碰上一个熟人，否则就可以炫耀一下了。也真不凑巧，等到亨利因为肚子饿而声嘶力竭、震耳欲聋地拼命大哭大叫时，才遇见几个熟人，那时我们只能无可奈何地苦笑一下，然后加快步伐，匆匆赶回家去了。

希尔克几乎有整整两个星期每天都到我们家来看看。这是产褥期护理的要求。每次她都为吉莎作检查，看看会阴伤口的愈合情况，问问喂奶是否顺利，然后再给亨利作一次彻底的体格检查。产后特别重要的是所谓"肚脐护理"。原来在孩子出生后的一段时间内，还有一小截脐带耷拉在新生儿的肚脐眼外边，必须经常清洗干净再扑上粉，否则可能引起肚脐发炎（如果出现这种情况将非常危险）。过一段时间这残余的一截脐带会自行脱落，那时就什么问题也没有了。在脱落之前，我们一直很认真地为孩子洗净脐带并扑上粉。希尔克很乐意上我们家来。这不仅因为我们本来就是好朋友，而且还因为吉莎的妈妈每天中午都给我们做花样繁多又极其美味可口的饭菜。唔，像她这样的帮手可真是千金难买啊！

希尔克对亨利的成长情况非常满意。这孩子体重增加得很快，长得肉墩墩、胖嘟嘟的，谁见了都想捏他几把。当然没有哪家的父母不爱自己的孩子。但是我敢保证：亨利确确实实特别可爱，刚生下来不久时是这样，现在也仍然是这样。比如他那微微向左撇的下嘴唇，在熟睡时总给那张小脸增添了一种——上面提到过——仿佛是洞若观火、傲视一切的神态；再就是他那一头金黄的头发、那双碧蓝的眼睛、那管俊美的鼻子和那个小小的双下巴。嘿，小家伙真是帅得没法形容！我每天看他老是一再看得入迷。有时可以接连几个小时同他一起坐在长沙发上，把他放在腿上来回晃悠，同时欣赏着——音量调小了的——美妙的音乐。我建议在这种时候听比利·霍利戴[1]的乐曲或是肖邦的作品。在放音乐时，亨利喉咙里总发出舒服的格格声，睡得也非常香。

可是，夜里这孩子往往就不那么让人称心如意了。他常常闹肚子疼，我们在一种半醒半睡、迷迷糊糊的状态中不断给他轻轻按摩止痛。有一次他大哭大

① 比利·霍利戴（Billie Holiday, 1915—1959）：美国著名爵士女歌星。

叫时肚脐眼甚至出了一点血。当这个坏小子有时扯着嗓子发疯似地大哭不止、肚皮绷得太紧时，偶尔会出现这样的情况。这种时候我们两个都吓得够呛。但希尔克总安慰我们，说如果出血像现在这样只有一点点，又不是经常性的，那就根本用不着担忧。不过话虽然这样说，我还是觉得太可怕。请读者设想一下，要是您去对别人说："我的孩子哭了很长很长时间，一直哭到肚子里的血都往外流了。"——这话听起来难道不是真的非常可怕吗？

亨利出生后八天，给他做"二检"（U2）已经成为刻不容缓的事。这同以博诺[1]为首的摇滚乐乐团无关，而是国家规定的预防性体检之一，共需要做九次。如果重视自己孩子的健康，就一定要带他去做这些检查。所谓"一检"，还在医院分娩时就给婴儿做过。"二检"应在出生后的第三至第十天内进行，而"三检"则在第四周至第六周之间。

"三检"之后，孩子们有一小段休息的时间。"四检"要他们长到三至四个月时才必须做。这种预防性体检的第五次定于第六和第七个月、第六次定于第十和第十二个月之间进行。其余的三次健康检查，则分

① 博诺（Bono）：U2 乐团的主唱兼旋律吉他手。U2 乐团是一支在 1976 年时成立于都柏林的爱尔兰四人摇滚乐乐团。

别在满两岁、四岁和五岁时进行。所有这些检查的目的在于确定孩子生长情况是否正常或者是否有父母不曾发现的疾患。前面说过，“一检”是在医院就做了的。当时由一位女医生给亨利做检查，确定他是否已经是一个完全发育成熟的婴儿，看看各个器官的形成有无异常。此外，小家伙还在出生后仅几个小时，就平生第一次得到了根据“一检”的结果给他打出的分数。这就是说，那加在儿童身上的、受到多方指责和非难的成绩压力，并不是在孩子进幼儿园以后才开始的，而实际是在产房中就开始了。在这里，女医生按照所谓的“阿普加模式”[①]对新生儿亨利做了“生命力测试”。测试的几项指标包括婴儿的肤色、呼吸频率、肌肉张力、心跳速度和反应能力。每一项指标都有零分、一分和两分三个级别。测试完毕后又将全过程重复两次，以确定诸如婴儿需要多长时间才能从分娩过程的劳累中完全恢复过来等情况。各项指标所得分数的总和[②]称为阿普加指数。我们两个都忘记了亨利在“一检”中到底得了几“分”。但是我们知道：即使不能告诉别人自己的孩子得了“满分”，对他的

① “阿普加模式”（Apgar-Schema）：因其创始人一位美国女医生而得名。
② 十分为最高分。

健康状况也大可不必担心。因为阿普加评分同分娩时的具体环境以及新生儿的成熟程度都有很大的关系。

现在呢，在出生八天后，“二检”的时间又到了。我们到附近一位儿科医生那里预约了时间，最后——作为非常自豪的一家——三口人坐在候诊室里等候检查，尽情享受着周围那些半大孩子的父母向我们投过来的艳羡目光。过一阵，轮到我们了。亨利被脱成光屁股放在一盏暖灯下面，先是由那位（在我看来有那么一点过于刻板的）医生十分仔细地用听诊器听了一遍胸腔。孩子的心脏跳动毫无问题。接下去测试他的反应能力（抓握、足部动作等），在测试过程中亨利表现得有些无精打采和颇不耐烦的样子，最后又测试了他的腰关节功能。医生将他的两条腿弯来弯去，这显然使他很不痛快。检查结果令人极为满意：唔，这男孩儿身体真是倍儿棒！哈哈，能不这样吗？不看看这是谁的孩子！

小家伙出生后第十二天，我们接到了去汉堡参加一次聚会的邀请。我们决定去，而且是带着亨利去。完全出乎意料的是这次活动亨利大大露脸，我们家大获全胜！不论人们说话声音有多大，只要有人抱他，小东西都表现得非常快活，乖乖地听着各种各样的客人叔叔阿姨们冲着他说：“太可爱、真是太可爱了！”当然，只要哪里一旦有人抽烟，我们立马就抱着他迅速转移。总的说来，头几个月里随便带亨利上多远的地方都没有问题。今天，年轻的母亲在公共场合将孩子抱在胸前喂奶也已经是司空见惯的事了。而在我们的上一辈生儿育女时，母亲们还必须出于“道德上的原因”竭力避开别人的目光给孩子喂奶。

多亏有了挤奶器，我们才能够做到间或不带亨利外出，而把他交给爷爷奶奶临时照看一段时间。不过，吉莎分娩后我们俩第一次上电影院去看的电影竟偏偏是《沉默的羔羊》①，我至今仍耿耿于怀。因为就我们的心绪来说在这段时间里实际上更需要看的是像《小鹿班比》②那样的电影，而关于杀人如麻的凶手和食人生番的故事，在这种时候看起来未免有点让人感到硌硬。

① 《沉默的羔羊》(The Silence of the Lambs)：美国电影名，根据美国小说家托马斯·哈里斯（Thomas Harris, 1940—　）的同名小说改编的恐怖片。

② 《小鹿班比》(Bambi)：美国迪斯尼动画故事片，根据奥地利作家费利克斯·萨尔腾（Felix Salten, 1869—1945）的同名小说改编，叙述森林里小鹿班比的成长故事。强调只有温馨的爱是抚平伤痕的唯一力量。

12. 风趣？庸俗？骄傲？

——出生启事

“嗨，我来了。我叫彼得。妈妈和爸爸喜笑颜开，高兴得合不拢嘴。”这样的出生启事让我觉得恶心。然而报上登出来的出生启事全是这副腔调。这里面尽是一些诸如“地球新居民”、“亲爱的小弟弟”、“小妹妹”、“传宗接代的人”等等被用得很滥的、俗不可耐的字眼。不，我们要把它搞得稍微新颖别致些。这也同起名字一样：既要风趣又不能俗气，既要反映高雅的文化层次而又不能趾高气扬，既色彩丰富而又不大红大绿，既幽默机智而又不玩世不恭。

不过这桩事说起来轻松，做起来谈何容易！当亨利已经出世、我们不得不面对在报上登载一则出生启事究竟如何措辞、辅助图案又如何设计这样的实际问题时，真是一下子完全傻眼了。因为，想搞出一个很像样的出生启事来，这真是难得要命啊。

每当你想出一个好主意时，总是随即发现那是朋友和熟人中早已有人想到过并且已经付诸实行了的。比如我的好朋友米歇尔和他的妻子卡琳娜就确实很好地解决了这个问题。这两口子为他们的菲利克斯所写的出生启事，虽然开始时有点俗气，但接下去便突发奇想，妙语连珠，一发而不可收拾。那个启事全文如下：

幸福的双亲卡琳娜和米歇尔现在告知亲友：他们的第二个孩子已经出世。是个男孩。“他来得好快呀”（米歇尔）、“可不是吗”（卡琳娜）、“我们的小家伙”（米歇尔）、“我们可爱的小麻雀”（卡琳娜）、“我们的小糖熊”（米歇尔）、“我们的小花边儿”（卡琳娜）、“我们的小糖耳朵”（米歇尔）、“我们的小心肝宝贝”（卡琳娜）、“我们的卧室小歌星”（米歇尔）、“我们馋人的甜点心”（卡琳娜）、“我们的小探长”（米歇尔）等等，等等。

我当时看到这则启事时觉得挺别致、挺有意思的。然而美中不足的是，想用这个办法来对各种外号进行嘲弄的目的并没有达到。

我的好朋友维尔希在处理他孩子的出生启事这一问题时，完全使用了黑色幽默的手法。虽然他到儿子已经半岁时才给我寄来一张明信片，但这个迟到的信息却充分体现了这种风格。原来，所谓的明信片上仅仅印了那男孩的一张照片。但见：小东西身穿条纹睡袍，双手托着一块牌子，上面粗笔重墨地写着："赤色军团（德国一恐怖组织名）的俘虏"。

最后我向吉莎建议：寄一张措辞充满了小市民气——可以说是取反唇相讥之意吧——的通知卡给众亲友。"我们选用一张印有鲜花和白鹳、俗气得令人作呕的明信片，"我设想着，"我在那上面再写上一段同样俗不可耐的文字，把所有的陈词滥调一股脑儿全用上。"然而吉莎反对这种做法。她觉得这样干未免太冒险，很可能被人误解，体会不到我们说的是反话。因为，不管怎么说我们自己也收到过几张这样的明信片——说的可全是正经话。

但是我主意已决，定要来它个一不做、二不休。"要不然就拍这么一张照片，让人看到我们穿着破衣烂衫躺在地上的惨象。旁边再放一张宣传《恶婴岛》[1]的广告语，广告语旁写出孩子的出生日期。"吉莎对我这个想法的反应是把一团什么东西扔到我身上——究竟是什么现在已经记不大清楚，可能是一堆尿褯

① 《恶婴岛》：由拉里·科恩导演的一部美国恐怖电影，迈克尔·莫里亚蒂和凯伦·布莱克领衔主演。该片是"他还活着"（It's Alive!）系列的第三部，与第六章提及的电影《婴儿屠夫》属一个系列。

子吧。

我们又开始考虑新的方案。我答应吉莎从现在起收敛一些，不再肆无忌惮地卖弄自己的幽默技巧了。“唔，我们的结婚公告[1]不是很有意思吗？”吉莎说，“也许我们现在应当承上启下，同那个公告挂起钩来吧。”她边说边指着那张帖子正面的两张照片。一张是我：薄而长的头发，浓浓的、怪模怪样的小胡子。照片下面写着我的“名言”：“我觉得结婚是小市民气的习俗。”（凯斯特·施伦茨，1979）旁边一张是胖嘟嘟的吉莎，当时还是个不到二十岁的少女，照片下面引用她的“豪言壮语”：“我永远也不结婚。”（吉莎·施泰因吕克，1983）而帖子背面则写道：“唉，唔，就那么回事吧……我们定于……举行结婚典礼。”

这样的风格当然也完全有可能在喜得贵子的时候沿用下来，但是难办的恰恰也就是这一点。弄到最后恐怕会变成炒冷饭，仅仅把我们从前说过的逗趣话重复一遍，毫无新鲜感可言。

接下去我又想出了一个绝妙的主意（至少我自己觉得它妙不可言！）并立即付诸实行。我在一些大部头古旧书里找出不少 20 世纪医学界有关妇女分娩的

① 德国人结婚会先在当地报纸上早早发布“结婚公告”，广为告知。

描述以及若干张相关的插图，花了一些剪剪贴贴、拼拼凑凑的工夫，为我们儿子的出生启事设计出来一个初步的方案：这里有一幅铜雕的图片，表现的是当时一位妇科医生为一个女人接生的场面：由于当时占统治地位的羞耻观念，产妇身上盖着被子，因此医生看不见她的下身而只能用手摸着接生。在这幅图片下面我打算编写一段话，宣称我们“在一个虽然非常保守、却相当像样的医院中，由一位彬彬有礼的实习医师接生，喜得一个身体壮实的继承人”。可是吉莎觉得这个想法有点味同嚼蜡。这实在遗憾之至！

最后，我们决定采用一个很不错、很朴实、什么花招也不要的方案。那便是：我们把亨利的一张照片拿去洗印了许多张，把它作为邮政明信片分寄给亲友们，上面只简单地写着：“亨利，出生于 1991 年 2 月 3 日，吉莎·施泰因吕克，凯斯特·施伦茨。”终于，我对我们的这个选择感到相当满意了。照片是一流的。亨利光着屁股坐在一块羊羔皮上，而配图文字又与我平素那啰里啰唆、叽里呱啦、令人生厌的作风截然相反，令人耳目一新！这种毛病，特别在各种节庆活动时表现得异常突出，事后吉莎总给我这样一句评语：“你今天猫儿尿又喝多了！”

但是到下一次，当我们有第二个孩子时，在出生启事的问题上我可要毫不让步地大干一场了。现在我就已经有了一个朦胧的设想：搞一个蒙太奇式的照片组合。让亨利站在一个摇篮的上方，高高举起的手里攥着一把玩具榔头，居高临下、狡狯地虎视着那个新来的竞争对手。当爹妈的我们见此情景自然大惊失色，从后面飞跑过来，正伸手去抢夺他手里那件打砸工具。这照片下面将有这样的文字说明：“亨利为新得小兄弟而大喜过望！”——想得虽美，可是我担心我这个“宏图”恐怕到时候还是变不成现实！

13. 恐怖的医院

——儿童医院一瞥

以上我并没有提到产后头几周在家中发生了一段插曲，掀起了轩然大波。这件事值得另辟一章加以叙述，因为它的荒唐可笑简直达到了登峰造极的地步。一切都是从希尔克的一句话而起的。那是亨利出世后的第五天。“我不知道是怎么回事，或许是我弄错了吧，可我觉得小家伙有点儿犯蔫，另外我看他的脸色也不好。”她说，同时忧心忡忡地皱起了眉头。一听到这话，我和吉莎心中立即警钟长鸣。犯蔫？脸色不好？难道我们的小鬼灵精病了？“哎，我也搞不清楚是什么问题，”希尔克忸忸怩怩地说。“不过也许有可能是新生儿黄疸病吧。这种病很常见。”她很快补充道。“倒也说不上严重，但是必须去看一看。”这可真把我们吓坏了。我们的儿子有病？我们可从没料到他这么早就会病哪！我们看亨利的目光马上就变了样，这时也觉得亨利的脸色的的确确很难看了。怎么办？在正常情况下我们会立刻去找最近的儿科医生，通过验血在几分钟内确定亨利是否得了黄疸病。可那天是星期六！哈，当然是星期六啦！要命的牙疼、眼睛里进了异物、肌腱扭伤，现在又加上儿童黄疸病嫌疑等这类事情如果出在我身上——现在看来恐怕出在我的后代身上也一样——，永远只会是星期六和星期天，以便我们有福气在那些讨人嫌的候诊室里美美地待着，等着脸拉得老长老长的医务人员来伺候！

希尔克说，要是我们很快开车送孩子去儿童医院，她心里会感到好受一些。“那里有门诊检查，我们可以马上查血，二十分钟后就知道结果。”好吧，闲话少说，我们当下将小东西暖暖和和地包起来，钻进车里，顶着狂风、冒着漫天飞舞的鹅毛大雪，缓慢地向城内驶去。一个小时后我们终于在儿童医院门前停车，然后一步一滑地向医院入口处走去——这便拉开了一场长达四小时的惊心动魄的磨难的序幕。

刚一跨进门诊部，我就听见一位忧心忡忡的母亲那刺耳的声音：“我女儿身上到处长出许多奇怪的疱疹，还流出来一些……”“那就赶快带她到隔离室去，谁知道传染不传染！”护士没好气地叫着。当这无异是传染源的三个人从我们身边走过时，我立即把亨利的脸遮起来。那护士当即很不满意地瞅了我们一眼。这似乎是她通常跟人打招呼的方式吧。我们在一群焦灼不安的母亲——她们带着鼻子不通气、低声呜咽着的孩子——身旁坐下来等候。希尔克一句话也不说，这里的景象好像使她非常难受。吉莎手臂上抱着亨利，似乎马上就要摔倒的样子。我鼓起勇气去挂号窗口，填写了挂号单。那里的工作人员告诉我，今天恐怕要多等一会儿。于是我们等着。半小时后小家伙开始不安分了，吉莎的脸色相当难看。我对护士说，我太太刚分娩不久，有没有可能让她带着孩子到什么地方去躺一下。护士带我们来到一个地方，那是一个仅靠一道帘子与走道隔开的小隔间，里面放着一张床。过堂风很大，我们的情绪越来越坏。听得见帘子后面人们忙忙碌碌的声音和支离破碎、令人摸不着头脑的谈话断片。孩子身上出红疹的那位母亲，现在又一次宣称那些小红点几乎浑身上下都有。一个男子在叫人拿痰盂给他。另一个护士力图说服一位母亲最好别同孩子一起在这里过夜，等等，等等。吉莎听到这话吓了一大跳。“如果亨利今天必须在这里过夜，那么我也留下。就是一夜不睡觉，我也要留下。”希尔克和我极力安慰她。我们说，要是真需要在这里过夜，那我们也是一定有办法应付的。接着大家继续等。又过了一个钟头，我实在是憋不住了。这时眼看吉莎和希尔克冷得瑟瑟发抖、眼看她们神情黯然地盯着一声不响可怜巴巴地躺在大病床上的亨利，我不禁怒火中烧，肾上腺素迅猛分泌达到顶级程度。我迈开坚实有力的步子，向离我们最近的一个医务人员走了过去，厉声对这位小姐说："护士小姐，在那边那个快把人冻死的臭旮旯儿里我刚刚出生才五天的可能有病的孩子和我太太一直在挨冻。我们到现在已经差不多等了两个钟头了。如果五分钟内再没有什么动静，我就把这整条走廊给你们吼塌下来！"对方用一种莫名其妙的漠然表情看了我一会儿，一声不吭地转身急急走了。一分钟后来了一个年轻的男护士，他很和气地请我们跟他到"第一检查室"去。到那里后我们再次继续等。"我很抱歉，"希尔克说，"不过我本来是想求个放心……"我们安慰她，叫她不必感到歉疚。实际上我们也完全不生她的气。又过了一阵，终于进来一位年轻的女医生。希尔克用行家的口气对她说明我们只是想做一个排除黄疸病的小小的测试。但是女医生仍叫我们把孩子的衣裳脱掉，然后她仔细地为亨利做全面检查，查一查他的反应能力、呼吸，看一眼喉咙，听听心脏等等。"唔，严格说一切都正常，"她检查完后总结说，"不过孩子也确实有那么一点点发蔫，”她又补充一句。“我们再给小家伙查查血吧。”她说完便走了，我们又等。一刻钟后，刚才那个年轻的男护士又走进来，让我们都转移到隔壁屋子去，说那里现在已经作好了抽血的准备。于是我们再次开拔，到了隔壁屋子，把亨利放在桌上，孩子脸上露出越来越不耐烦的神情。接着那位男护士便说出下面这句可怕的话：“我现在就从他的头部抽血。”我惊呆了。吉莎马上用胳膊保护亨利，眼里闪出疑虑的神色。“从头部抽？”我重复着护士的话问道。拿针往一个才出生五天的男婴头上扎，这种做法实在是太荒谬了，其荒谬程度就好比他要我允许他往我眼球里打一针！然而希尔克安慰我，同男护士一起向我解释说，对于婴儿，如果需要取出比较多的血一般都是这样做的，这比从他们的小胳膊小腿上抽取多次所受的痛苦要小些。尽管“比较多的血”这种说法几乎又使我丧失理智，不过最后我们还是都同意了，并配合着按紧亨利的头让人家抽血。完事后，那个“实验室的吸血鬼”手里拿着满满一管子血消失了，我们踮着脚尖退回第一候诊室，又是等，等结果、等那位女医生。这一位半小时以后才又露面，这次是同她的一位男同事一起进来，说是要“请他也来看看这个孩子”。我问黄疸病测试的结果如何。她说，一点问题都没有。没有黄疸病！我们如释重负松了一口气。希尔克向我们告辞，因为她还有一个约见，我们也开始作打道回府的准备了。然而这次造访恐怖医院还有一个令人不寒而栗的高潮尚未到来，它还在等着我们去体验！原来，这时那位新来的男医生——也是个很嫩的新手——再次把亨利的衣服脱掉，非常烦琐费事地检查起来。又是反应能力、呼吸、心跳。亨利受不了这翻来覆去的折腾而大哭大叫。吉莎这时只有一脸惊诧的表情，而我则在考虑着现在是干脆把这位大夫老爷一拳打翻在地呢，还是最好马上同爱妻和儿子一起逃之夭夭？然而末了我还是克制住了自己，带着明显

的不满语气向这位大夫指出：我们的儿子刚刚接受过与你现在的“检查”毫无区别的检查，我实在不明白有什么必要再次把他当成个皮球，又是拍又是捏又是搓又是揉？嘿，这下子我们的大夫先生面子上过不去了。他马上振振有词地说，他对自己做的事完全是胸有成竹的，他必须亲自把情况弄清楚。好了，现在让我们吃不了兜着走的东西来了。这位医生突然沉默不语，看了亨利一眼，接着眯缝起眼睛看了我一会儿，又看了看吉莎，再看了看亨利，摇了摇头，最后看了他的女同事一眼，然后好像有一搭没一搭地说道：“这孩子的头也相当肥大。”“什么？”我问。“是啊，”

大夫接着说，“我看了一下你们二位：你们的头都可以说是比较小、比较瘦削的。而你们的孩子的头却短粗，或者更确切些说是肥大。”“那又怎么样呢？”我发问，心里隐约觉着：在这所恐怖的房子里现在渐渐快要有刀光血影了。“情况是这样，”那个江湖骗子般的庸医继续他的胡说八道，“在新生儿当中有一种很少见的畸形，那就是颅骨畸形。这孩子不一定就属于这种情况，可我还是觉得，如果我现在把他的头和你们的比一比，也许有可能……不过我想我现在最好还是去请主治医师来看看更保险些。”吉莎不得不立刻坐下来。我感到自己的脸色已经变得煞白。哦，一种少见的畸形。颅骨畸形。怎么可能是这样，这决不可能！可是，我们还没有来得及问清楚细节，那位制造恐怖的大夫和他的女同事早已消失得无影无踪。于是我们只好坐在第一检查室的床上担惊受怕。吉莎急得眼泪都快流出来。我呢，医生那几句信口雌黄的话激得我怒火万丈，因为谁听了这些莫名其妙的话也只能是干着急。这个白痴怎么能把亨利的头称为畸形？难道他瞎了眼，没看见所有的婴儿都是这个样子？可是转念一想我又觉得：人家怎么说也是专家，人家就是能看出我们这些外行一点看不出的东西嘛。就这样，我们待在那里，如坐针毡，度日如年。我心想，我们到这所医院来干什么？为一次小小的血液检查——而且它也顺利通过了——跑了来，难道目的就是在这里反复琢磨我们刚生的孩子身上“兴许”有的一种“可能很严重”的疾病吗？简直太可怕了！到现在我们已经差不多在这里待了整整四个钟头了！亨利的情绪很糟太可以理解：每当大人不断摸他、亲他、折腾他时，他都是会这样的。在这段时间里，一个男护士进来了一趟，告诉我们，化验室还要对亨利的血样做一系列其他方面的检查，所以我们恐怕还得再等待一些时候。我们听到这话的反应只是绝望地、心灰意懒地点点头而已。我答应吉莎：无论如何要争取到让她和孩子一起过夜——即便是去行贿或是用麻药把某人麻翻也在所不惜。

门突然开了。刚才为亨利检查过的两个医生急匆匆地跑了进来，一左一右地站在两边，接着一位比较年长的穿白大褂的先生悠然走进了屋子。他不断地微笑点头，尽管谁也没有说一句话。接着他又眯缝起眼睛，好像要费很大力气克制住自己的不快才能看一看周围这群医道外行似的。“这是主治医生某某某博士，”年轻的女医生忙不迭地介绍说，紧接着他那位男同事便开始介绍亨利的情况（“病童刚出生五天，样子有点发呆，化验结果是……”）。“对，对，”主治医生打断这一详细介绍说，“这些我都看见了。”然后他向亨利俯下身去，看了看他的脸，又用手轻轻捏了他一把，接着说道：“这孩子不是非常健康吗？”这话我爱听！我立马对他产生了好感。现在，我给那个过早下结论的“畸形恐怖症”患者一点颜色看的时机到了。“可是您的这位同事，”我指了指那位现在仍保持着大兵雄姿的年轻大夫说，“您的这位同事刚才说孩子的头太肥大了，还说有一些少见的不正常的畸形……”主治医生听了我这话一惊，放开了亨利，和蔼可亲地抬起手臂向我走来并说道：“您知道，我们的一些年轻同事在诊断中偶尔也会有点过火、过头的。”说完这话他眯缝着眼睛非常快地斜睨了那位医学界的后起之辈一眼，然后又对我说：“您不必担心。这孩子的颅骨很正常，就跟我的颅骨一样。”这时我虽然恨不得顶他一句，因为他的脑袋长得未免太难看了；但是他这话对我和吉莎来说却是一剂不折不扣的镇痛祛病良药！吉莎高兴地微笑着将亨利抱了起来，就在这一刹那间，主治医师先生消失了。另外的那两位医生则不声不响地跟在他后面趔趄了出去。我们当即动手收拾我们那几件东西，而后立即驱车回家。只是到了同亨利一起坐在起居室里时，我们才真正清楚地意识到自己刚经历的是多么稀奇的事情。仅仅在几个小时之前，我们还以为亨利得了重病，而现在他已经又在吉莎怀里活蹦乱踢地起劲嘬奶了。我一点也不同情那个遭到主治医师白眼的年轻大夫。请读者想想看：在一个刚出生五天的婴儿的父母面前胡诌什么孩子可能患有颅骨畸形以及诸如此类的吓人病，表明了这位老兄不具备起码的社交能力，因而在这种情况下对他稍加调教恐怕也是很有必要的。

14. 温存的魔力

——身体的接触和最初的进步

“他真可爱，不过也有一点儿没意思，你说是不是？”孩子出生大约四周后，当我的朋友扬来看我们的时候，他这样问道。虽然提这种问题是可以理解的，但它说明提问者的特点是没有孩子。“没意思，那只是对你这样的榆木脑瓜来说是这样，”我故意摆出一副气呼呼的面孔说，紧接着便给扬作了一个几分钟长的报告，向他介绍亨利的一些非同寻常的本领：我向他讲述小家伙的蓝眼睛是怎样忽闪忽闪地眨动、怎样把那双可爱的小手张开来又合拢、怎样使劲抬起头来盯着摇篮旁边挂着的活动玩具出神地没完没了地瞅了又瞅等等精彩表演。扬看着我，一点也不明白我的意思。因为他所谓的“没意思”当然正是指孩子的这类表现啦。就是这样一些“琐碎的小事”他觉得相当没意思、没劲。我自己从前也有这样的看法。但如果仔细观察的是自己的孩子，那么他每一个最微小的进步、每一件鸡毛蒜皮的小事都是一件值得大书特书的大事了！这个小不点儿我就是怎么也看不够！特别是我总忍不住时时想去摸他、捏他、亲他，一抱起来就好一阵子不放手、不撒嘴。我尤其喜欢他身上那股子奶香味。这究竟是怎样的一种气味我描写不出，可是我敢向读者保证：要是您有了孩子，那么您在此之前肯定从来没闻过比您孩子身上那股子味儿更好的气味！我老在亨利身上东闻闻西嗅嗅，看样子他还挺欢迎我这样做。心理学家们一再强调父母同婴儿肉体接触的重要，而我对服从专家们要求年轻父母与孩子亲

热的规定丝毫不觉有困难。有时我们一起睡在长沙发上：我平躺着把亨利放在我的肚子上。要是在这样的时候他躺着，同时嘴里唧唧咕咕的出点小声儿，那我就更是心满意足，浑身没一个毛孔不舒坦了。这种时刻，即便儿子向我发动大哭大嚷、让人脑袋发涨的猛烈进攻，我也丝毫不觉得烦躁。他的突袭和猛攻有时候真是叫人忍无可忍：听起来就像有人紧挨着我的耳朵使劲拉开大锯一样。

我们父子俩第一次在澡盆里洗澡当然是一件大事。我让亨利坐在我的小肚子上，吉莎看着她丈夫和儿子一大一小两个“男子汉”赤条条地泡在水里，觉得非常可乐。可是过一会儿亨利便毫不客气地在温热的洗澡水里拉了一大泡粑粑，一下子扩散开来弄得满澡盆都是。但是这对我们的高涨情绪并无丝毫影响。

当然，我们最多一个星期给他洗一次澡，而每次洗澡都是用的纯净水。肥皂和其他浴液一直到现在我们都很少用在孩子身上——至多至多是过了很长时间，当孩子的头发已经发黏时，才用上一点点婴儿香波。说到这里读者也许会想，小亨利一定是全身臭烘烘的了。实际上完全不是这么回事。他身上原来的香味没有变化，过去和现在同样闻了令人心旷神怡。有时他身上有一丁点儿霉味，但我们觉得这完全不碍事。不过现在说正经的：直到今天，每天给孩子洗澡的习惯做法仍然很常见，并且还用肥皂和香波给孩子洗身洗头，这是在破坏孩子皮肤上的天然防酸层。油脂被洗掉了，可恰恰是这种很有益的物质对孩子的全身起着保护作用，使他不易着凉、不易受到细菌感染，也使他不致对外来的刺激过分敏感。洗澡后给孩子使劲涂抹一些昂贵的护肤油也没有什么好处。这类油膏至多会把毛孔堵塞住。附带说一句：在医院里，这种完全荒谬的经常用肥皂给孩子洗澡的坏习惯最为严重。

不过人们决不应当忘记每天给孩子把下身清洗干净（当然也要尽可能不用肥皂）。因为孩子的屎尿是皮肤的大敌。我自己就曾为一个完全裹在尿布里的孩子皮肤竟那样快被沤破而大为吃惊。当我第一次看到亨利的小屁股蛋通红通红的、有几处还磨出了血时，当我们为他擦洗时他疼得狂喊乱叫时，我心里对孩子真是感到说不出的歉疚，责备自己怎么没有早一点好好闻一下他身上，确定是不是得去“换尿布加油站”干活了。

满六个星期时，亨利送给我一份厚礼：他第一次冲着我咧嘴笑起来了！我当即高兴得手舞足蹈、忘乎所以。他这种无牙的傻笑，着实把我完全俘虏了过去！这是孩子第一次对我作出明确的反应，我把它解释为："你好，爸爸，我喜欢你。"不久之后，当吉莎或我俯身看他、和他说话或者在他眼前摆弄一些彩色玩具时，他就越来越多地以冲着我们微笑作为回报。对他这种歪着嘴的憨笑，我们两个都看得上了瘾。又过了一些日子，当我们胳肢他时，他便开始咯咯地笑出声来，每次给他换尿布和裹被子，都渐渐地变成了一件妙趣横生的游戏。当他被胳肢到一定程度时，就给我们来一阵特别放肆的哈哈大笑，但这种精彩表演我们不是每次都能"导演"出来的。由于孩子一般要到满五个月后才开始认生，亨利在头几个月里几乎送给我们所有的朋友都是一个可爱的微笑。这个小东西特别喜欢的是爷爷奶奶、姥爷姥姥，第二就是所有的奶奶和阿姨了。直到今天他还最乐意同我们的女友玛丽昂和露特表示亲昵。只是对那些长着深色头发的大个子男人他起初有点害怕。也许是因为他爸爸是个瘦干儿狼，所以他对大块头很不习惯吧。就是那些非常讨厌小孩儿的人，在亨利那可爱的模样面前也只能缴械投降。有一次，我的好友马尔克简直就是勉为其难、愁眉苦脸地（他嘟囔着："但愿他别咬我一口！"）抱了亨利一阵，可是小家伙还是照样冲着他傻笑了半天，这就完全解除了马尔克的武装，终于——令我极为惊奇——突然亲了一下孩子那胖嘟嘟的小脸蛋！是啊，我说过了：小不点儿身上有一种魔力。当然，有一些人在这种魔力作用下是刀枪不入的。这一点我有过亲身体会：有一次我抱着亨利乘坐城铁去某个地方，路上时间很长，亨利对着坐在我们对面的那个男人使出了浑身解数：他冲着他微笑、发出咯咯的声音、伸出手去够他，又带着满脸央求的神情目不转睛地盯着他。但是那位榆木疙瘩老兄对此完全无动于衷，眼睛一个劲儿瞅着车窗外面，脸上表情木然。也许，我得使出狠劲猛踢这个傻大哥的小腿骨，才能促使他作出一星半点儿反应吧？

同差不多所有的孩子一样，亨利起初总是很不愿意让我们晚上哄他睡觉。根据不少人出的主意，我们通过每天做的一套固定的“睡觉程序”使他逐渐养成

习惯，这便是：换尿布、将灯光拧暗、穿上睡衣、给他奶嘴儿、打开玩具钟。孩子都喜欢整套的程式，这给他们安全感和判断依据。但是虽然这样做了，第一年内我们仍然老是必须在他的床边坐相当长时间他才能睡着。要是过早站起来，他立马就嚷嚷开了。即使是最最轻手轻脚的偷偷溜走也不行，亨利的感觉极灵敏，什么也瞒不过这小东西。

但我逐渐发现用唱歌哄孩子入睡是个很好的方法。不过由于我对诸如“睡吧，孩子，睡吧”那一类摇篮曲毫无兴趣，便坐在他床旁哼迪伦[1]的歌曲、克里登斯清水复兴合唱团[2]的歌谣（如《只要我能看到光明》就很适合孩子听）以及其他摇滚乐曲。每次我一开始低声哼唱，他立刻就不作声了。如果我过早地停下来，他马上就扭过头向我投来责备的目光。于是我又赶紧接着往下唱。很久之后我才发现：每逢这种情况出现，吉莎都在楼下起居室里笑破了肚皮。可惜我未能注意做到让亨利熟悉一首固定的歌曲，就是说每天晚上都一定要唱某一首曲子。当时我觉得这样

① 迪伦（Bob Dylan, 1941—　）：有重要影响的美国歌星，继承了美国传统的民谣、摇滚乐和乡村音乐。

② 克里登斯清水复兴合唱团（Creedence Clearwater Revival），20 世纪 60 年代到 70 年代最受喜爱的一支超级摇滚乐队。其音乐植根于美国南方的民间音乐。

做太腻味了。但是听一些朋友说孩子很快就能学会“他自己的那首歌”，以后可以轻松地、毫无问题地联想起来。也许我该每天都唱唱扎帕的《博比·布朗》吧。这首歌当时他好像特别喜欢。

是啊，亨利成长路上的每一个进步，我们都怀着越来越兴奋的心情记录下来。他第一次会自己翻身，从趴着变为平躺，这个长进在我们心目中也像是一次小小的奇迹。大概他自己也这么想吧，因为，他立马就为这个巨大的成绩、为自己眼前突如其来出现的这一非常开阔的远景而咯咯大笑不止，真正是笑了个前仰后合！

同每个孩子一样，亨利特别开心的是跟爸爸妈妈一起在床上大闹，以及光着屁股躺在被子里嘻嘻笑着用两只脚向“怪物”爸爸勇猛进击！每当我的嘴终于亲到他那小小的胖嘟嘟的肚子并使劲往他肚皮上吹气时，他总是发出一连串的大笑，有时甚至像个坏小子一样笑得非常“放肆”。我觉得同儿子的这种轻松愉快的身体接触是有滋有味的。每当我感觉到自己紧挨着他那热乎乎软绵绵的身体，每当他在某次小小的“伤心事”过后哭着紧紧搂着我或是闹累了倒在我胳膊上睡着了时，我都沉浸在极为美好的幸福之中，恣意地享受着这种温馨的情趣。在这样的时刻，我感受到了一种自己此前经常渴望得到的内心安宁和满足。在这样的心态下，孩子偶尔尿一次床又有什么了不起！总的说来，在涉及亨利的各种排泄物的问题上，我和吉莎在这段时间里磨炼出了一种惊人的耐力。直到今天，我差不多每一件衣服上都还留着我儿子弄上去的小块哈喇子印儿呢。他有好多次冲着我滋尿、光着屁股坐在我腿上简直是肆无忌惮地拉屎，又美滋滋地把他那流着长长鼻涕的小鼻子使劲往我最喜欢穿的漂亮衬衫上蹭，不蹭它个一干二净决不罢休！他干这些个事儿我竟然一点也不在乎！另外我的"恶心"标准也下降了。从前觉得父母在喂孩子时用手指将他们嘴上的糊糊擦去，然后自己把手上这点残渣剩饭吃掉，真是非常恶心。每次看见这种简直跟牲口喂食一样的情形我都一阵一阵地想吐。但是现在亨利刚一开始吃糊糊，我也就一丝不差地照办不误，而且起初根本没有觉察到自己也在这样做。

总的说来，突然间感到自己有了这样一种忘我精神是种很独特的感受。我发觉做父亲同献身精神有一定的关系。做了爸爸，我身上便产生出无穷的力量、保护孩子的本能和一种"自愿受苦"的情结，这些都是我自己原来完全没有的，它们给了我一种新颖的、特殊的满足感。现在这里有了这么一个人：我可以一点不打折扣地全心全意地为他服务。盘子里那些我最喜欢吃的东西吗？就让亨利“全盘”胡噜到地上去吧，没事儿！我整夜整夜地不睡觉，放弃了所有的晚间活动，多次改装了我们家的布置陈设使其适合幼儿的习性，改来改去往往弄得很不合乎审美要求，在做这一切时丝毫不觉困难。当然我同吉莎一样，经常也会心里很烦乱，没好气：当我又一次睡不成觉、半夜里不得不第三次起床给哭叫着的亨利拿奶瓶时，情况就是这样。另外，有时候他怎么也不肯停止哭闹，那时我也会想：我的耐性快到头了，恐怕我马上就没法在他床边继续坐下去或者抱着他到外面去转悠了。心里虽然这样想，可是不知怎的后来又总是什么问题都没有了。因为亨利总是对我们付出的各种辛苦和劳累给予双倍的、三倍的报偿！他长得非常健康，非常壮实，每次度过一个情绪上的困难阶段之后，他总是马上又十分活泼可爱起来。我现在要说的这话听着让人感到有点陈词滥调的味道，不过我的情况的确如此：我对小家伙真是充满了爱！我发觉他已经成为我们俩生活的中心。他把我们的生活翻了个底朝天，但我对生了他却没有一秒钟后悔过。

15. 我们家是不会有这种事的

——小闪失和最初的疾病

“咕咚！”随着响声一看：哟，亨利躺在地上了！是从一米多高的五斗柜上掉下来的。现在，他被吓得有点傻乎乎地躺在那里，瞪大了眼睛看着我们。我们自然立即将他抱了起来，一面手忙脚乱地检查他身上有没有什么地方出了问题，一面一个冲着一个大声嚷嚷、互相埋怨：你怎么这样粗心！我们原想在我们家这种事情是决不会发生的。真是太过于粗心大意了！我们早听人讲过诸如此类的孩子从高处摔下来的事。听时心想：这真是太不像话了！怎么能让自己的孩子硬是从五斗柜上摔下来？可是事情偏偏也在我们家发生了。我们有那么一小会儿没有留神孩子，因为外面碰巧有一只鸟撞到窗玻璃上，而恰恰在这时亨利翻了一个身，于是——扑通一下——他就掉到了地上。谢天谢地，他好好的。现在他仅仅是在那里一个劲儿地咯咯咯咯放声大笑！但是我们两个人互相责怪了几个钟头，发誓说今后绝对不能再出这种事！可还是又出了。一年后，有一次我在厨房里干活，亨利坐在一把高高的椅子上，我忘了扣上皮带，亨利和往常一样一边吃东西一边手舞足蹈，结果因为没有皮带挡住而从椅子上摔下来——一下子摔到厨房的瓷砖地上。当时“嘭”的一声闷响。我简直像发了疯一般。但是，这次亨利的保护神又立刻出来救了他。孩子虽然哭得很厉害，但仍然平安无事。尽管这样，吉莎还是差点儿没把我揍死。

读者朋友们，请你们在孩子出生之前先作一定的思想准备吧：这样的事也总是会在你们家发生的。我还真不知道有谁家没有过这样一类因为不够细心而出现的闪失。比如我的妹夫约亨吧，有一次他想把他出生刚两天的孩子放在一个旅行包里提到车上去。旅行包有两根提手，但他去提的时候只抓住了一根。孩子一下子就掉了出来，接着又骨碌碌地顺着一个小楼梯翻滚到下面去了。那次倒也没有出什么问题，不过您肯定可以想象约亨当时是怎样狠狠地痛骂自己的了。所以说在这种事情上怎么小心也不为过。给孩子换尿布、包被子的五斗柜，另外高椅子、楼梯等都是一些十分要紧的所在，在这些地方做父母的必须学会那些在人群中护送美国总统的政府特工人员所具有的机警和技能。所不同的只是在您这里刺客不是别人，而是您的孩子那难以预料、突然迸发出来的活动本能罢了。

长到半岁时，小东西第一次生病了。他发起烧来，高到近三十九度。“要有一位急救医生！”我磕磕巴巴地说，“我们需要马上去找一位急救医生！”幸运的是吉莎比较细心地阅读过有关的专业文献。她马上将孩子的小腿用温热湿毛巾裹上冷敷降温，又喂了他许多水，然后决定等天亮以后看看情况再说。到了第二天早晨，亨利的体温已经下降了不少。尽管这样我心里还是很不自在。是的，眼看着自己的孩子突然蔫不唧儿地躺着，目光无神，脑袋滚烫，我这个当爸爸的真像自个儿挨针扎似的心疼啊。不过我决定以后要做到不再像以往那样惊惶失措，于是便拿起一本关于儿童疾病的书来看。不消说，看了这本书以后我的惧怕反而增加了。我每次阅读医学书刊都是这个德行!

不管怎么说我们还是带孩子去看了医生，请他给亨利作了仔细的检查。检查结果虽说什么问题也没有，但医生觉得我们急切求医的心情是可以理解的。多一次总比少一次好嘛。所以，我劝每对夫妇：一遇到孩子有说不清道不明的表现，就去请教儿科医生。

幸好亨利很少生病。他也只是偶尔放个“出溜屁”，有些胀气，偶尔伤风流鼻涕罢了。别的什么毛病也没有——直到后来耳朵出问题为止。亨利先是老“吸溜”鼻子，过了一阵万万没有料到这鼻子的毛病竟突然变成了中耳炎。孩子疼得夜里不住地哭闹叫唤。我们看他那样子实在太可怜了。虽然这次炎症持续的时间不算长，但是从此以后亨利每过一段时间就犯一次中耳炎。要是变成慢性的，那么这病对孩子的听力就会产生严重的影响，从而对他的成长很不利。虽然一位耳科医生的话暂时使我们安了心，他说亨利的中耳炎还没有到很严重的程度。但是我们知道一个

朋友的儿子小莱奥纳德——与亨利差不多同龄——已经不得不因为这病动了两次手术，在做手术时必须在孩子耳朵里插进一些小管子，这太可怕了：小管子插到耳朵里去！从这个时候起，我们每次为外出郊游准备各种物品时，就都严格遵守一条不成文的规定：一定要带上他的帽子。可是亨利有时压根就不愿意戴帽子，即使给他戴上最花哨的小帽，也被他一把两把揪下来。结果到最后我也不得不经常戴上帽子。因为如果爸爸头上也有这个玩意儿，那么亨利当然也就乐意照办了。我戴着那顶小毛线帽儿样子可真有点怪里怪气、其貌不扬。往后亨利就闹开了皮肤病：全身长了许多湿疹，痒得要命。我们当然立即就想到可怕的神经性皮炎，然而幸好不是这种皮肤病。湿疹严重起来时亨利老是用脊背顶住椅子不停地摩擦，又在地上翻来覆去使劲乱蹭一气，或者把皮挠破流血。儿科医生给了我们好几种药膏，要我们一定坚持给孩子涂药和按摩。亨利很喜欢我们这样做，于是定时在他的小脊背上做按摩，成了我们每天的固定功课。在给他按摩时，他总是满意地发出咿呀声，有滋有味地享受着这一项高级待遇。而要是我哪次没有做够就停下来，那么小鬼灵精先生一准立马扯着嗓子大叫大嚷：“妈啊，妈啊！”

16. 这家伙按说该会走路了！

——有关生长曲线的恐惧

“什么什么？这孩子到现在都还不会坐吗？”哼，这种事真是太气人了：亨利刚刚才来到这个世界上，就得同他爸妈的朋友和熟人的那些孩子在“成长竞赛”中比试高低、就得让人根据所谓“生长曲线”考查他的各种能力了！原来，根据现行的儿童教育指南类图书部分作者的看法，似乎孩子们非按照教科书上规定的路线去生长发育不可。例如书上有这样的说法：婴儿到第十四个月就会走路。然而懒蛋亨利在第十一个月时才刚刚能站稳！至于走路，他是到了第十六个月时才摇摇晃晃、很勉强、很不乐意地学着来的。无论从哪方面来说，亨利过去和现在都要比一般孩子迟缓一些。唔，人家就是干什么都从容起步嘛！做父母的必须接受这个事实，决不能让那些孩子这个月应当会这个、那个月又应当会那个的说法弄得心烦意乱、六神无主。当然这并不是说不要对自己下一代的成长过程进行仔细的观察。客观上存在着各种各样的成长障碍，例如视觉、听觉和平衡感方面的一些功能失调现象，这类不正常现象如果及早发现，是完全能够治疗和彻底治愈的。要是定期去做预防性体检、注意观察自己孩子独特的成长情况，并随时向医生报告所发现的值得注意的现象，那么一般来说是可以放心的：严重的成长障碍是能够被及时发现的。然而，这里重要的是“独特”两个字。应当允许每个孩子自己决定自己的成长速度。所以，要是您小宝宝的情况跟“生长曲线”不完全吻合，那么您毫无理由惊惶失措。比如我就知道有不少孩子差不多快到三岁才开始说几句像样的话并因此而被认为有“语言障碍”，可是后来却突然间爆炸性地一下子变成了地地道道的小“油嘴滑舌”。尽管这样说，这类孩子当然也可能有过一定的听力障碍。作为父母，必须在对孩子的成长情况泰然处之和细心监控之间找到一个正确的、适中的立足点。而这不是那么容易的。

至于我们，与其说是书上的描述，还不如说是别的孩子在成长中表现出的迅猛步伐令我们深感不安。亨利半岁时我们曾去拜访过一些朋友，他们都有一个与他同龄的女孩。每一个小女孩儿都会很敏捷地翻身，翻过来和翻回去速度都很快，而且已经试着往前爬行了。而亨利呢，他要费好大劲，气喘吁吁，脸也涨得通红，这才能勉强从仰卧状态转为匍匐状态；然后，为他自己这一“壮举”惊奇得目瞪口呆，继续喘着气躺在那里动弹不得。这种事——同龄的小女孩让我们的亨利看到她们成长过程中的能力优势——还不是最后一次。我的女同事彼得拉的小女儿克莱奥比我们的儿子小半岁，但她一岁半就已经能说有两个单词的句子（“妈妈，面包”）了，并且词汇量也不算小。而亨利那时却主要还在说他的“标准独词句”：“汽汽”（汽车），除此以外也就只能咿咿唔唔地——还得伸长食指帮助自己表达意思——“说”出这样的“祈使句”：“嗳嗳嗳嗳嗳嗳……”总之，女孩子在各方面进展就是要比男孩子快些。人们有必要知道这一点，否则就会真的以为自己的男孩落后了。

但是到了一定的时候我们也就完全接受了这个事实：我们这个小男孩有他自己独特的成长节奏，于是我们首先关注的是孩子在不断进步，而对他究竟在什么时候取得这些进步倒并不特别在意。

比如，我们很高兴他在第八个月时开始了“翻滚”阶段。由于还不会爬，可是又已经有了到远处去

“探险”的诉求，于是他就采取打滚儿的办法，一面向前翻滚，一面勇敢地把一只手伸向前方，就这样靠连续侧翻终于到达了他的目的地。起初还常常偏离目标几米，不久之后便达到了惊人的准确度。小家伙先是用眼睛瞅准了房间另一个角落里的一件东西，好像在估算自己与那东西之间的距离以及翻滚中可能出的方向偏差，算准后便把小胳膊高高举起，坚决果断地“翻腾”着朝目标进发了！要是当时正好有客人，那么每当亨利像个艺术体操运动员一样从我们身旁翻滚而过时，客人们总是惊奇得瞪大了眼睛。随着时间的推移，他这套技术完成得越来越灵巧。不知是哪一天又添了一个新花样：把大脚趾含在嘴里。显然他觉得味道非常好，因为在这种时候他总是乐滋滋、笑嘻嘻的。差不多在每次换尿布时他都要兴高采烈地给我们表演这一绝技。有一次表演时吉莎脱口而出叫了他一声“杂技大师”：他那半只脚放在嘴里的模样实在像个杂技演员！从那时起，每当我们的儿子要各式各样的小花招时，我们就总是在一旁呐喊助威：“大师真棒，真棒，棒，棒，棒……”而一听到我们这样叫，他就总会表演一套他当时特别拿手的好戏给我们看。

不久以后他开始经历“认生”阶段。我们的好友蒂姆是个大大的“亨利迷”，有一天小家伙竟突然怎么也不愿再让他抱，而是哇哇哭叫着伸开两手使劲去够我们，这使他大失所望，给弄得灰溜溜的。从此，谁想得到他的“青睐”，谁就得想方设法去讨好他。

到第七个月末尾，亨利终于也会坐了。虽然他时不时还咕哝着朝一边歪倒然后嘟嘟囔囔地躺下不动，但总的来说已经掌握了怎样心满意足地稳坐不动的诀窍，比如说还能在这种姿势下伸手去抓沙子吃。

这些话现在人们听起来也许会觉得又是老生常谈，毫无新鲜感可言，不过我还是要说：亨利生长过程中的每个进步在我看来都是一个小小的奇迹。试想：亲眼看着这么一个小不点儿逐渐学会各种各样的能耐，慢慢扩大他的活动范围，渐次发现自己周围的世界——这一点是不言而喻的——并立即试图在他小小的头脑中改造这个世界，这是件多么令人兴奋的事情啊！

到第十个月时亨利终于会爬了。这是一个突然出现的情况。现在可以非常轻松地“远征”，这使他欢喜至极，大声笑着在电话机和他的被子之间一口气连续爬上好几个来回。除此之外——使我们特别特别高兴的是——他决定从此以后一觉睡到早上七点钟，这是给我们两人的一份厚礼！在久违半年多之后，现在我们终于又有了完整的夜晚！睡一大觉！一直睡到天亮！好家伙！（至少大多数夜晚是如此）

然而随着爬行阶段的到来，重新布置居室也就成为刻不容缓的事。因为亨利很快也能够气喘吁吁地站立起来，几乎已经可以够得着任何离地面一米高处的东西：插座，书架、摆设架等家具最下层的东西，电视机等等。于是，一切有危险的或者容易破损的东西，一部分被搬走，一部分挪了位置或被保护起来。

这样住所便大为改观，呈现出一个有孩子家庭的典型格局：一米高度以下的空间一片混乱。一米以上则还算过得去——直到亨利会使用凳子为止。

不久之后他也开始表现出初步听懂一些话语的能力。对于人们要他“嘿，来一个‘贴饼子’吧”这样的要求，他作出的反应是使劲拍他那两只胖嘟嘟的小手。我岳母为这孩子的智力这样好而乐开了花。这里我们向她隐瞒了一个事实：我们拍着手教他恐怕已经有好几万次了。每个来我们家的人都非要看看亨利这手“绝活儿”。于是我每次都兴高采烈、歇斯底里地大声嚷嚷：“嘿，来一个‘贴饼子’吧！”话音未落亨利就劈劈啪啪地拍起手来，我得意地环顾四周，示意大家喝彩。每人都露出惊喜赞赏的表情。“嘿，太棒了！”“这可真是绝了！”我那些牌友一面夸奖，

一面偷偷地讪笑。那些日子我有点把没孩子的人的心态和看法忘了。对于这些人来说，坐在那里的是一个小胖墩儿，一边流着哈喇子一边拍打他那双脏兮兮的小爪子。我自己以前也觉得这类让孩子表演的马戏节目太没劲。可是，人一当了爸爸就不一样了。不知什么时候头脑又变得现实起来。我明白了：亨利会“贴饼子”或是在听到“你想长多高？”这个问题时刷地一下把两只小胳膊往高处扬起来，这些“能耐”绝不是在我的每一个朋友眼里都是个小小的奇迹。但是我自己对孩子这些活动能力的欢欣和兴奋情绪决不会因此而有所收敛。

吉莎也一样。她很认真地每天记日记，把亨利的成长过程一点一滴、丝毫不漏地记录下来。比如下面这几句令人拍案叫绝的话，就是她在日记中的杰作：

“今天晚上，亨利企图将一条绿色的毛毛虫活活地吃下去。当凯斯特把虫子从他手里抢走时，他简直暴跳如雷，要闹个天翻地覆！”文学作品能比这写得更传神吗?

不久之后我们的儿子开始自己吃饭了。他这个进步带来的辉煌战果，就是我们的厨房有那么一两个平方米的地盘被小祖宗搅了个稀里哗啦让人下不了脚。亨利自己身上不消说也是斑斑点点花里胡哨的。但是这些我们都完全不在乎。他试着把调羹里的糊糊或者别的吃食送进嘴里去时，那个模样实在是太有意思、太迷人了，比那些老儿童片中表演的蛋糕大战还精彩!

接着，我们的好友维利和尼柯拉——伊沃（三岁）和埃拉－诺拉（九个半月）的爸爸和妈妈——就来教亨利走路。当时他早已能站稳，也会扶着大人的胳膊走上几步。但是他还不想试试自己一个人走路行不行。后来维利终于想出了一个办法，就是递给亨利一根手杖，让他紧紧攥着手杖的当中部分跟在维利后面小心翼翼地往前走。像这样练了一段时间后，维利干脆就撒开原先捏着手杖一端的手而让亨利一个人握着它，这时孩子仍然使出全身力气紧紧攥着手杖跟着他朝前走，尼柯拉、吉莎和我则在一旁直着嗓子喝彩为他使劲打气、加油。走着走着他突然明白了现在是自己一个人在走路，于是很合乎逻辑地立刻扑通摔倒了。然而，坚冰已经打破！就在当天晚上，我们的儿子就已经一会儿嘻嘻笑着，一会儿大声喊着在花园里晃晃悠悠地走路了。在这种情况下他每跑几米就高兴得摔一跤又有什么关系？他会走路了啊，终于会走路了啊！这件事对一个小孩来说，肯定同一个十八岁的年轻人带着经考试合格刚领到的驾照登上自己的小汽车时的心情一样。

然而在说话方面儿子还一直有点困难。不过这同时也是说：并非完全不行！他讲得很流利，但说的并不是德国话，而是一种想象出来的语言，听起来大致是这么个味儿："恩恩绿，安噶？瓦西牙拉木布里驹？"语调、语言节奏和言语停顿都完全正确、自然流畅，只是他这些讳莫如深的"行话"、神秘兮兮的"隐语"的含义究竟是什么，没有谁能破译出一丝一毫。另外他经常挂在嘴边的还有一个神秘人物"德·高夫"。这位先生究竟是谁？也许亨利是一位名叫彼得或威廉·德·高夫的荷兰伯爵转世而来的吧？"妈妈"和"爸爸"（他把"爸"字发成了浊音，而且第一个音节非常短）是他能让人听懂的头两个词。但是他开始用这两个字时并没有固定的对象，完全是随心所欲的“张冠李戴”。一会儿我是“妈妈”，一会儿我的朋友梅克又成了“爸爸”，等等。他时时发出一个短促而言简意赅的声音：“Di?”成了一个万能的疑问词和命令句。当然，到第十九个月时他的词汇量已经扩大了很多。在跟任何一个人分手时，他都会冲着人家叫一声“哉哉”（再见）；“笔呐”的意思是鼻子；“幺”是他给一只猫起的名儿；“汪汪”则用来称呼一条狗；“阿姆，阿姆”用来要求大人把他抱起来。“热”的意思是真真正正的热，“咻”是胸，“肚”是他自己的肚子。到两岁生

日时，亨利的词汇量已经增加到二十五个左右。但是要说到整句话嘛，那就连一点影子也还没有。要他把两个词连在一起使用——这种要求当时还太高了一点。不过他在继续完善他那套神秘的行话。有孩子的朋友们向我们证实：这的确是我们儿子的一大特点。有时候他站在一个人面前，怒气冲冲地抬头看着他，使劲挥舞着两只小手，嘴里叽里呱啦没完没了地叫嚷着。没有人听得懂他说的是什么，但他讲话的声音实在是好听极了："拉鲁夫司，龙格里，呀，梅啊，恩格绿，德·高夫。""哦，我明白了，"每次他一句"话"说完我总马上这样搭腔，于是过不了多久亨利在别人说完每句话后也都照样来一个"哦，我明白了"。特别是他那模仿我们说话的能力，竟渐渐发展到了真正让人瞠目结舌的地步。他常常走到电话机旁，拿起听筒，先说声"哈啰！"然后便喋喋不休起来。虽然说的是他那套隐语，但却带着人们在打电话时常有的全部典型表现：故意稍稍停顿一下，不断说"唔"或"对"作为听到对方谈话的反应，说话中常常穿插几声有点做作的干笑，等等。而在结束谈话时，总要来一个拖长声的"哉——哉"，然后就把听筒咔嚓一下放回电话机上去。你可以痛快淋漓地和他打电话，笑个前仰后合。和他一起翻看杂志也是这样。有一次我浏览《明星》周刊，亨利坐在我大腿上跟着看。起先他不作声，直到出现一幅埃里希·昂纳克的照片时，他一下子来了反应：他用手指着那个东德领导人说："爸爸！"

17. 有时我简直急傻了

——犯横撒气和担忧害怕

我在做饭。那是半夜一点钟。亨利在声嘶力竭地大哭大嚷。把他抱起来他不干，让他躺着他也不干。他不想让我们待在房里，但也不想让我们到外面去。他想要奶瓶，可是刚一拿到手就使劲把它从床上扔下来，而且哭得更凶，满脸涨得通红通红。他的叫嚷声太尖利、太刺耳，强烈的声波震得我耳朵嗡嗡直响，我感觉自己已经到了失控的边缘。阵阵怒气从我的心头升腾而起。我突然对自己亲爱的儿子产生了一种疯狂横蛮的暴虐心理，于是我猛然冲着他扯着嗓子大叫起来："你给我马上住嘴！要不就揍扁你！"亨利受到这突如其来的惊吓，一刹那停止了哭闹——但继而又更加大声地继续没完没了地号叫下去。最后吉莎也冲着我大声嚷嚷起来，她骂我是不是疯了，怎么竟对孩子这样大吼大叫的。

这样一来我也拉开嗓门冲着吉莎叫嚷："好极了，那么就请你也来干点正经事，别尽躺在被子里让我一个人在这里站着！"这太可怕了。最后还是吉莎过来把乱打挺儿的亨利抱到我们床上。只是到了这时，儿子才抽抽搭搭地渐渐恢复了平静，过一会儿就睡着了。大概是因为做了恶梦他才这样闹的吧。

这回我又一次到了爆炸的边缘，未能很好地克制住自己。对自己的孩子发横，这是所有父母生活中黯淡无光的一章。我已经有过好几次犯横的经历了：当亨利大哭大闹弄得我毫无办法时，就冲着他吓人地大吼大叫，有时甚至把他重重地扔到床上或者使劲地摇晃一阵子。吉莎也有类似情绪失控的时候。在这样的时刻，我感到即便是很有教养、进步开通、性情温和的父母，到了这个节骨眼上也会考虑一点：也许现在打自己孩子一顿才能解决问题吧？有这种思想倒并不是有意识地想把打孩子当成教育的手段，而是出于一种莫可名状的愤怒、绝望般的束手无策和筋疲力尽。幸而我们从没有达到这样一种完全失控的境地。真的发展到了这一步也是不可原谅的。但是我承认自己在个别特殊情况下有几秒钟感到一种冲动，打算——不管以哪种方式——粗暴地对孩子施行体罚。这种冲动事后令我自己也感到惊愕万分。我想，原来你是这么个坏家伙，竟然要把自己才两岁的儿子狠揍一顿，简直是一个暴君！

我直到今天也还不知道应该如何正确应付这类局面。只有一点我很清楚，那就是如果我哪一次真的失了手，那么我决不会原谅自己。但是现在我想，重要的是老实承认这些发横的行为不对，以一定的方式同它们作斗争，不让它们完全主宰自己。说到底父母也是人，必须充分意识到他们对自己的孩子不仅仅只会产生正面的感情吧。当我在克服了一定的思想障碍后同一些有孩子的朋友谈到这个问题时，得知许多人也都有类似的经历，这使我大大松了一口气。孩子让他们气急败坏，往往又束手无策。但颇能说明问题的是他们都还没有真正做出什么不可收拾的事，而只是有了一种即将失控的感觉。家庭和儿童精神病学家马丁·格林伯格在他的《一个父亲的诞生》一书中谈到这个问题时写道："在激动中，我们已经不能划清愤怒的情感和在怒气中采取的、确实属于失控性质的行为这二者之间的界线。因此我们被自己的行为吓坏了，以致感到自惭形秽、无地自容。如果我们把自己的怒气和恐惧大胆地对别人讲出来，那么也就折去了它们的锋芒和锐气。"

格林伯格描述了他本人有一次由于他的儿子咬了

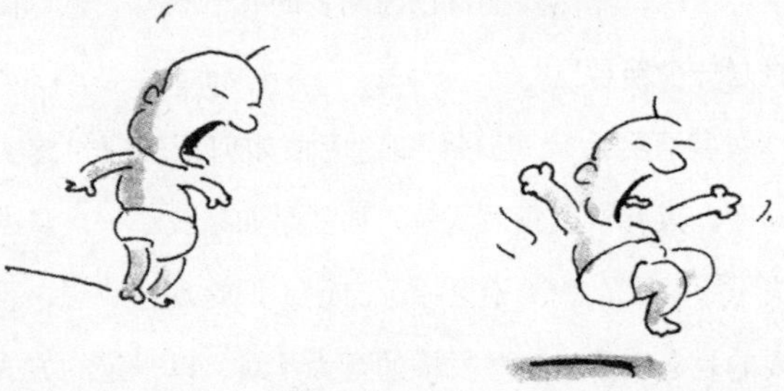

他而几乎揍了小家伙一顿的情况，接着便劝父母们不要经常两人同时处于高度的精神紧张和疲惫的状态之下，而要轮流替换着照看大哭大闹的孩子。我和吉莎在这方面积累了一些好的经验。要是一个人到外面去休息几分钟，好好喘口气，重新振作精神再回来，然后另一个人又可以暂时“引退”，那么，事情不至于发展成大发雷霆那样一种灾难性局面的几率就要大得多。然而有时——不管这话听起来多么荒谬——两人互相把撒气犯横的矛头转移到对方身上也很有用。我们不是冲着无辜的孩子，而是冲着对方大吼大叫大发雷霆，这种情况通常显得完全没有道理，近乎是弱智的表现。但是通过这种方式我们却至少可以发泄掉部分怒气，对犯横的冲动来一个釜底抽薪。事后我们俩多半也很快就不再生对方的气了。当然，这种两人互相撒气对骂一通的做法很少能使孩子安静下来。

人往往很容易陷入这样一种震怒的心境。当人们正好是最不需要孩子的时候，他们特别喜欢有自己的“五分钟休息”时间。在一个辛苦忙碌的工作日之余的晚上，当家里来了客人或者当你自己正发着四十度高烧时，最容易气急冒火。在这种时候就要注意保持冷静，要对自己说：孩子终究不会任何时候都这么讨厌的。

除了偶尔发一顿脾气、说些难听话以外，还有一种感情对我造成了比这大得多的压抑，影响也更大，更难对付，过去如此，现在仍然如此：担惊受怕。自从亨利出生以来，吉莎和我就经常为他担惊受怕。我们害怕他会出点什么事或者可能会得什么重病。孩子刚一出生，突发性幼儿死亡可能在他身上出现的恐怖幻觉就随之开始了。设想我们可能哪天早晨一觉醒来便发现孩子已经死在床上了，这成了我们所能想象到的最最可怕的事情。我们看书知道，从理论上说每个一周岁以内的孩子都有可能由于患上这种可怕的、时至今日病因尚未彻底研究清楚的疾病而死亡。不错，诸如大量抽烟、早产、电烟雾这类可能同婴儿突然死亡有关的危险因素，在我们这里是不存在的。但是我们知道这也不能为我们提供任何保障。无论如何我们尽量避免让亨利趴着睡觉，因为在死去的婴幼儿中，

大多都是大人让他们以这种姿势睡觉的。我们力图排解恐惧心理，可是我还是经常发现自己有时候夜里不能成眠，一直要等到自己悄悄溜到亨利房间里，听到他呼吸的声音之后才回来能安心地继续睡觉。当他终于满了一周岁时，谢天谢地，婴儿猝死的话题总算是过去了。然而其他的一些恐惧心理早已占据着我们的心。亨利的活动范围扩大了，他已经会满地爬，也初步会站起来了。要是他从楼梯上掉下去怎么办？要是他被我们一时不小心忘了收好的剪刀扎伤了怎么办？要是他被别的孩子传染上点什么病怎么办？要是他被哪条狗——我们的住所地处郊区，在这个环境里狗是很多的——咬着了怎么办？就这样左思来右想去，我有时简直都快把自己逼疯，而且还把我这种恐惧情绪传染给吉莎。这些恐惧心理倒也不是始终存在着，但是它们却一再冒出来作怪。常常有这样的情形，即我正在特别高兴的时候这类惧怕心理像个暗影似的猛然向我压来，我立刻问自己：要是……那么会怎么样？这时，所有那些从理论上说有可能发生的可怕事情，就又一一闪过我的脑际。

必须设法克服这种心理。抑制和排解是唯一有效的办法。说到底，人总不能为了保护孩子而时时用绳子把他拴在自己身上吧。当然，我肯定是属于那种比较容易担惊受怕的父母类型，但我觉得所有的父母都曾经遇到过这个问题。孩子的每个生活阶段都伴随着一个相应的惧怕阶段。在他们很小、很脆弱的时候，每遇他们着凉和发烧大人都很担心；当他们会走路的时候，则怕大街、楼梯和带尖边棱角的东西；在他们幸运地闯过了那各种小儿疾病的道道难关后，去上学了，又怕过马路被车子撞着；随着他们青春期的到来，又得为他们可能受到艾滋病、吸毒和学校里越来越多的暴力伤害而忧虑……

在我的各种恐惧心理中，有许多是杞人忧天式的，甚至是很不合乎情理的。这一点我心里也非常清楚。但是在我们这个世界上每天都在发生着一些令人心惊胆战的事件，这让我的惧怕感难以遏制。有些可怕的事甚至直接殃及自己的孩子，如初生婴儿需要按常规注射维生素K（为了防止婴儿发生内出血），而当吉莎和我听说注射这种针被怀疑有可能致癌时，我们真是被吓坏了，请大家设身处地想一想这有多吓人：新生儿一出世就打一种针，这本意是要保护孩子，但过后却被证明是一颗暗藏的定时炸弹！为了解决这个难题，我花费了好长一段时间。近来这方面已经有了一些研究，例如来自瑞典的研究结果表明，癌症和K制剂两者并无任何联系。然而在本书付印之际，我们的联邦卫生局发出了一个通知，它“考虑到必须对消费者进行预防性的保护”，建议原则上采取点滴内服的方式而不用一般的注射方式。现在我一直还在担惊受怕，时而厉害些，时而稍好些。对我来说，经常处于害怕情绪之中是做爸爸的最大难处和坏处。因为惧怕心理使我变得一触即跳、心中无底。尽管如此，假如我再次碰到需要做决断的情况，我还是想再要个孩子。当爸爸当然不会时时处处都充满美滋滋的味道，有些时候甚至有点压得人喘不过气来。然而它比我在此之前的所有经历都更美好！

18. 我们从前可完全不是这样做的！

——家庭：劝告和要求

“哎，你们就让他痛痛快快哭个够、叫个够好了。”当我一天下午对玛尔塔姑姑讲我们有时被亨利的哭叫弄得烦躁不堪时，她对我们的态度不以为然地摇着头这样说。亨利当时有半岁。玛尔塔姑姑本质上是一位心地善良的老太太，她觉得孩子“放个屁也大惊小怪，又是哄又是抱”，这是现今时兴的一种“时髦的娇惯”。她从前就总是放心地让她的卡尔痛痛快快地哭个够。“这可以增加肺活量，”她斩钉截铁地说，“而且对性格也是很好的锻炼。”我们先不说她的卡尔是个与众不同的怪物，就拿所谓的孩子大哭大叫能增加肺活量一条来说，这实在是一个广为流传的“奇谈”，可是老一辈人却硬是紧紧抱住这个说法不放。婴儿啼哭，是因为他们感觉到不舒服、因为他们身上有某个地方感到疼痛或者是他们肚子饿了、因为他们冷、他们出汗、他们身上湿了或者他们觉得孤单，而绝对不是因为他们觉得哭着好玩或者想气气大人。因此，孩子一哭大人就赶紧跑过去哄他，也就不可能是什么娇惯。恰恰相反：大人这样做，正是给他的每个孩子将来为人处世都需要的基本信任。至少，在孩子一周岁以内大人要采取这样的态度。当婴儿长大了一些时，也就可以放心让他稍稍等一会儿了。我们在亨利大一点时，很快就取得了这样的经验：亨利时不时会有意地使用哭闹的手段去达到他的某个目的。例如，他哭闹得我们晚间不得不无数次到他的床前，拿着满满一瓶牛奶喂给他喝。这种做法的“成果”，便是他半夜一点钟把全身尿得湿漉漉的并因此而大哭不止，于是我们不得不帮他换尿布。我可以告诉读者：你半醒半睡、晕晕乎乎、打着哆嗦站在儿童室里给孩子脱衣服、换尿布，换好再把他放回原处，发现他现在活蹦乱跳地醒着，兴高采烈地玩“的的，的的”，一个劲儿地又是大声叫唤又是嘻嘻傻笑而惟独不想睡觉——这一切的滋味可真是太“美妙”了！出现这一切，只是因为你一定想要看到一个安安静静的“现场”，于是就再给了那个“闹包”第四瓶奶，想用这个去“堵紧”他的嘴。关于“父母的软心肠”这个话题就简短地说这几句吧。由于有了上述这条经验，我们有时也就不心急火燎的，而是让亨利哭上一会儿，以便先摸摸底看情况究竟有多严重。要是等了一阵子他还是继续哭闹，那么我们俩中当然就立即有一人上楼去哄他。不管怎么说他还是可能真的有点什么问题。但玛尔塔姑姑在这种情况下只会紧闭房门，对孩子的哭叫声充耳不闻、不予理睬。我给她解释儿科医学和儿童心理学的新成果，试图驳倒她信奉的“增加肺活量论”和“娇惯论”。我说：“假使您遇到坏人打劫时呼救，是决不会有谁说‘让她叫去吧，这对身体有好处’这种话的！”她先

是听我说，然后慢吞吞地摇摇头说了一句我非常不爱听的话：“我们祖祖辈辈都是这样把孩子拉扯大的，现在你要说这是错的？不对，不对，我的孩子，我不信你的，还是放心让小东西叫唤吧。”想说服她真是比登天还难！可是玛尔塔姑姑还不是家里唯一的死死抱住这种看法不放的顽固派：什么对孩子好，什么对孩子不好，他们心里已经一清二楚了！他们心想：怎么说我们都是亲自养过、带大过孩子的人嘛，什么不知道！比如我母亲和岳母今天仍然觉得我们尽量少给孩子吃机制糖是有点神经不正常。今天不是长于养生之道的专家也知道糖吃多了对牙齿有害，会造成维生素缺乏和使人肥胖、贪馋。可是尽管这样，我的母亲和吉莎的母亲仍觉得亨利到半岁还没有得到一点巧

克力吃、吃麦片糊糊也一点不加糖怎么说都“太不像话”了！幸而他们基本上也还能接受我们的观点，只是觉得我们太爱大惊小怪、小题大作罢了。不过说句老实话，我们从前不是、现在也不是“铁杆反糖派”。怎么说我们也还是——如我的好朋友乌尔夫有一次谈到这个问题时洋洋得意地说的那样——喜欢时不时在酒足饭饱之余再给自己“饶”上一小块点心吧，怎么可能总不让自己的孩子也共享一下呢！但是，我们尽一切努力让我们的小家伙的饮食有益于健康。以后他反正是要没完没了地大吃油炸土豆条、黏糊糊的小熊糖和夹肥肉的汉堡包的，说来说去还是：有其父必有其子，他爸爸不也经常（津津有味地）吃这些东西吗。其实，对待糖的问题也不能过于教条主义。您的小不点儿第一次参加小伙伴们的生日聚会，短短几分钟就可以使好几个月的“戒糖禁令”前功尽弃。一个人带着他的儿子走进一个房间，屋里已经有八个孩子，他们嘴里全塞满了巧克力蛋卷，手里都攥着棒棒糖，在那里像小神仙一样笑嘻嘻、乐滋滋地享受着无比美好的味道——你说在这种时候你有什么办法不“开戒”？我经历过这样的事：一位母亲在这种场合一把抢走了她孩子已经拿到手的、含糖量很高的“糟糕饼干”，然后硬性地将一块黏糊糊的、生态环保的华夫饼干塞给了大哭大叫着的孩子。这样的做法当然纯粹是一种对孩子的心理折磨！干这种事的人我看是脑袋瓜有点问题，这样做只是在把他的孩子教养成神经官能不健全的人。对不起，我们决不会这么干。虽然我们在吃糖的问题上所抱的是适可而止、并不过激的态度，我母亲和岳母仍然对我们的做法不以为然。直到今天我们还怀疑她们曾背着我们悄悄地给过孩子巧克力棒呢，只是没有抓到任何证据罢了。而要说为了弄清事实真相而安插一个私人侦探，这我们到底还是觉得不妥而作罢了。

当然，除了吃糖过多的问题以外，我们也还可能在另外一些完全不同的问题上同家人发生争论。如我的一个名叫凯的朋友就不得不时时抵制他岳母对教育孩子进行的干预。他儿子皮特现在四岁，好心肠的老太太自认为在教育小外孙如何做人的问题上有着举足轻重的发言权。特别是教育孩子懂礼貌和讲卫生这两条，他妻子玛丽昂的母亲认为非常重要，甚至她觉得这几乎是古典教育学的核心问题。于是她总是向孩子灌输：要说“请”和“谢谢”，并同样多次教孩子别玩自己的小鸡儿（“哎哟，别弄底下那个东西，太恶心了！”）或者让他记住他撒的尿也“恶心极了”。每次听到老太太这样教孩子，凯在内心里总是挺生气的。他说，小皮特说不说“谢谢”他觉得完全无所谓，他更不想把孩子教成一个在性问题上拘谨忸怩的人。“他爱怎么玩他的小鸡儿都可以！”有一次在我们家讨论到这个问题时，他大声发表了这样的看法，我当即注意到坐在他附近的人都向他投来颇不以为然的怀疑目光，于是不得不求他收敛一点。他在家里对他岳母就是采取比较收敛的态度而不那么放肆。也只能如此。因为为了玛丽昂能外出工作，她每周都来照看皮特两天，所以凯不能操之过急，得悠着点来，通过多次长谈，他努力向岳母说明自己对事物所持的开明观点。可是这位岳母表现得极端不通情理，看样子是要坚决在皮特身上把她那老套的教育方法贯彻下去。尽管玛丽昂当面不说她妈，但她也试图将老太太教给孩子的那一套用自己的教育方式“抵消掉”。这种状况时间长了是不行的，这一点我能预感到，总有一天凯会忍耐不住而来个总爆发，到那时他可能就会开门见山放大炮了。我现在已经可以想象出他在那里大叫：“你呀你，让你那个破玩意儿‘请和谢谢’见鬼去吧！我不想要一个循规蹈矩的乖孩子！我也不想让孩子以后相信你们这一代人硬要我们相信的事：觉得他每次手淫都是什么损伤自己的元气！”等等。

……你倒是让姥姥抱抱
自己的小外孙呀！

是的，这样大发雷霆也许有点分量、起点作用。不过我建议凯先采用“休克疗法”：带他岳母去电影院看看《亚当斯一家》。因为，片中这个恐怖家庭的任何做法都与一般市民家庭完全不同，完完全全不同。这部精彩至极的喜剧片中有一个镜头是孩子们狂呼乱叫要吃的。妈妈慈祥、亲切地看着他们问道：“那么，魔法口诀是什么？”孩子们立即震耳欲聋地吼叫：“现……在！”于是每人马上得到了满满一盘子吃的。看到这个场面，那位岳母一定会觉得她家里的小外孙简直就像个小天使吧！

在我们家也还有另一些意见分歧。例如，我爸和我妈觉得他们见孙子的次数和时间太少。每两周一次、每次看一下午或者一晚上孩子他们觉得不够。而我们觉得这就足够了。因此这件事直到今天还常常引起一些小的气恼。在我们的一个朋友家也有类似的情况，甚至闹到父母和女儿完全吵翻的地步。第一次有了孙辈的父母，期望着他们的女儿伊娜和女婿从此会让二老对孩子的成长起到较大的积极作用。他们的具体要求主要是：把他们请到家里来看孩子，或者是给孩子洗完澡、喂饱肚子之后送给他们去照看，过一段时间再接回家。据说他们希望每周一定要这样接送一至两次。他们表示：怎么说他们对孙子也是享有一份权利的嘛。真是荒谬至极！这样的权利根本就不存在。当然，对祖父祖母想见到孙子那一片好心必须给予理解，在这个问题上对他们有所照顾是完全应当的，即使心里不大乐意也要这样做。但是，我认为把到老人家去接送孩子这样一件事搞成必须定期完成的义务是错误的。伊娜受到责备，被说成忘恩负义、自私自利，宁可经常请朋友到自己家来也不请爹妈——请听：咳，想想看吧：为孩子们辛苦了一辈子，到老来竟只落得个想看看小辈还必须事先预约的下场！伊娜听到这些埋怨真是惊呆了：她做梦也没想到会吃这一闷棍。特别是因为她的父母很显然把辈分全弄乱了。现在他们突然抱怨说女儿和爸妈的关系很糟，而在有外孙以前是极好的。其实他们的目的主要不是女儿，而是外孙：他们是想通过这种道义上的施压让他们多见见外孙。但他们也不情愿真正为女儿减轻负担。如果要他们每天早晨来看几个小时孩子，那么他们立马就说："好哇，你想出去玩儿，就让我们来替你看孩子！"要是孩子的奶奶来了，他们又觉得不对头（"哟，叫我们待在哪儿啊？老是有人来指手划脚！"），这种局面总归有一天支撑不下去。伊娜被弄得心烦意乱、筋疲力尽，和父母的接触就这样中断了，接着便是好几个月互相没有丝毫联系。

同父母和岳父母的争论不一定都发展到这般地步，然而争论几乎是不可避免的。所以我认为，只有尽可能迅速而明确地解决见孩子的方式问题才是明智的选择。似可根据下面这条原则加以灵活掌握：父亲母亲大人请听着：我们愿意你们来看看孩子并同自己的孙辈建立起良好的关系。但孩子毕竟是我们的孩子，要由我们自己来决定谁来我们家、什么时候来、隔多久来一次，或者送孩子去谁家、什么时候送、过多久送一次。完了！谁不明白这一点那是他自己的问题。年轻的父母自身已经有够多的问题，新情况带来的新问题也急需处理，他们是自顾不暇，实在不愿给自己加码，再去同父母怄气。使事情更加难办的，往往还有两对祖辈老人，都觉得对自己的孙辈有一份应享的权利，这就很容易出现争风吃醋的事。“你妻子的爸妈好像有特权似的”——要是儿子把丈人丈母娘请了来，爹妈知道了就会这样说。在这里也需要钉是钉、铆是铆地表明自己的态度。如果手里拿着跑表坐在爷爷和奶奶旁边，以免姥爷和姥姥感到吃亏，那就是做了一件错事。需要的是斩钉截铁地采取断然措施维护自己和孩子的最大利益。不过我承认，要做到这一点是极端困难的。

我本人宁可长时间对这样一类争吵采取回避的态度。不过，当后来在这个问题上还是出现了一场疾风骤雨时，它却也产生了求之不得的澄清一切的效果。难道您说这不是很绝吗？

19. 符合孩子需要的家总是脏兮兮、乱糟糟的

——和孩子们一起过日子

“告诉你，这种事在我们家决不会有！”亨利出生前，有一次几个朋友向我们作出预言，说有孩子以后我们的家居面貌将会大大改观、变得面目全非，那时我便这样气呼呼地顶他们的话。“哎哟哟，这是怎么搞的嘛！”当时我用手指着他们有小孩子的家里那些蹭得脏兮兮的墙纸、东一堆西一堆摆得乱七八糟的玩具和地上一处处被脚踩瘪了的食物残渣，带着责怪的语气说。“其实，我觉得你们给你们的小保尔尽量多的活动自由这种做法是非常好的，可是把家里搞成这个样子也实在是没有必要吧。要是我，像这个样子我是没法过舒心日子的。我们将来会跟你们有所不同的！”那几个朋友听了这话忍不住暗暗窃笑了一阵，然后作了下面这个不祥的预言：“那咱们就等着看好

戏吧！”

事实证明他们是有道理的。很遗憾。因为，极言之，要么变成处处要求清洁整齐的“暴君”，要么成为孩子的好爹妈，二者必居其一。我们稍有保留地选择了后者。因此我今天可以——略加夸张地——提出这样一个命题：符合孩子需要的家总是脏兮兮、乱糟糟的。

不过话要从头说起，这种状态是一步步形成的。最初只是添置一些家庭必需的物品，这其实没有什么不好。那个小小的儿童浴盆、主要为了给孩子换裤子时使用的五斗柜、头几只玩具熊，还有那几个小吊环，都几乎完全不引人注目。我们甚至还有意识地把这些东西摆在显眼的位置上：应当让人看出这里还住着一个孩子嘛！但当我们的儿子长到半岁时，家里的小绒被已经是东一条西一床、遍地开花了——亨利很喜欢在那上面睡觉。怎么说也不能让我们的小家伙躺在冷地板上冻得着凉吧。我们走路时尽量避免踩着

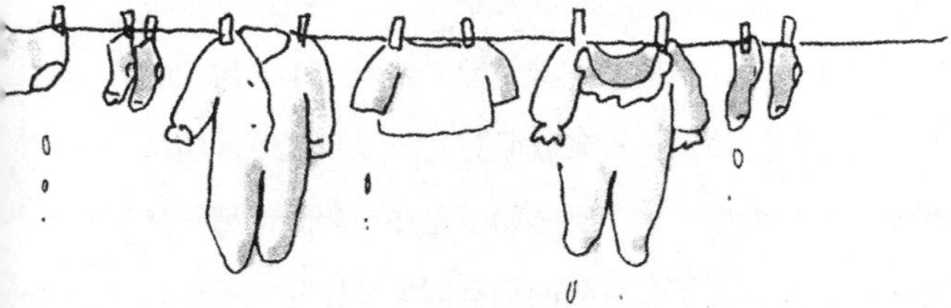

这些被子，而不时将它们叠好收起来着实也没那种雅兴。这样一来，满地的“被子铺”绝对缩小了房子的可使用面积，使人一进来就联想到青少年夏令营的宿营地。不久以后，当亨利开始学着往前爬时，第一批室内改装便开始了。各处的插座都加了保险，各种架子上较低的层板全被卸走，音箱的联结线也移到了高处。亨利特别喜欢去扯、去拽这些联结线，因为干这种事总有立竿见影的奇效，那便是：音乐声会戛然而止。在这段时间里，亨利的玩具库存大大增加了。虽然还没有达到碍事的程度，但已经是琳琅满目、比比皆是了。特别是亨利到处建立他的玩具储藏室，并且，为了能在他那些隐蔽的角落享受充分的“自给自足”，又在每处都补充配备了一些面包干和吃剩的面包片。现在在我们的两个沐浴间里经常各有一个尿裤子桶冒着热气，那里面散发出来的气味可想而知，常常很不美妙，此外家里晒衣架林立，全是用来晾干那些被亨利蓄意捣乱弄得脏得一塌糊涂、虽然洗过但多半仍然污渍斑斑的衣裳的。后来到亨利学走路时，家里更是“锦上添花”、惨不忍睹了。这时他已经能飞快地转移活动地点，用他那十个小而胖、但已经非常敏捷的手指去抓取各种各样的东西，翻来覆去地仔细琢磨它们，一旦发现它们不再好玩便毫不客气地立即彻底摧毁之！对此我们采取了一些对策。就像前面说的，整个住宅从地板到约一米高的空间都完全变了样。所有的东西都改变了位置，不是搬走了，就是挪到高处或被保护起来使他无法接近。搬走和挪开东西之后空出来的地盘，亨利用他的玩具和各种食物残渣再填补“真空”。在录像机和电视机周围，我们放了一圈原本是为幼儿学走路而设计的扶手栏杆，这东西外观十分可笑，简直有点像一个现代派的艺术造型。它放在那也只能看看，当我们第一次（也是最后一次）把亨利抱到里面去让他学走路时，他大受委屈、大为光火、大哭大闹，我们只好马上又把他抱了出来。紧接着我们家所有的台布全消失得无影无踪：原来是亨利觉得把桌布连同上面的盘子、碟子、杯子、叉子……一股脑儿拽下来真的太好玩、太来劲了。哎呀，告诉你，他干这种事我们在旁边看着真是差点笑岔了气！但是由于厨房里的饭桌没有台布实在太难看，我们就“粘”了一块漆布在上面，可这还是不那么养眼。总而言之，我们这个家的面貌在缓慢而确定无疑地变得稀奇古怪起来。亨利的玩具——而且大部分都是处于卸开的状态——在一段时间里主宰着整个住宅。在扩充“库存”方面他也加大了活动力度。我们在厨房操作台的低层抽屉里总是发现大大小小的汽车、石子儿和吃剩的米饼；在他自己的床底下则是各种勺子、叉子，多半还有他特别喜欢的手摇搅拌器。我们家地毯的好多处地方无可挽回地改变了颜色。那上面有的是一块块黄灰色的糊糊斑渍、微微发白的散发着酸臭气味的奶斑和由几种从室外（沙坑、垃圾堆、泥水坑、自行车链油污）带进来的脏东西混合成的深灰色斑块，另外还有一些很难说出颜色名称的斑渍——这是亨利以各式各样的方式将他体内的废料排泄出来所致，而我们所以允许他这样做，又是因为觉得让他光腚儿在家里到处跑来跑去实在是“太、太、太好玩了”！有一次，他甚至嘻嘻笑着故意往我身上滋尿，这个小捣蛋鬼！另外我们家壁纸的下部也都变换了图案和颜色：原来奶奶送了亨利一些彩色蜡笔，这就难怪了！坏小子拿这些笔在墙上胡画一气，后来就只是在大人严格监督下才把它们拿出来给他使用。我们的浴室在经过几次激烈的“浴缸大战”水患之后多处受到相当严重的损坏；我们的那张（幸而是黑色的）布面沙发则在短短几个月中从一件怎么说也是比较像样的家具变成了一件准废品。不知从什么时候起亨利又有了一个玩具工作台。嘀嘀，这玩意儿可太来劲了：抡起锤子，砰砰砰地往起居室的桌子上猛捶猛砸！过一段时间他又发现了梯子的工作原理。为了够得着放在高处的好玩东西，他气喘吁吁、满脸通红地使劲拽过来一把椅子，费老大的劲爬了上去，站在上头，这样便能摸得着上层的橱柜门和架子的高层了。于是，很快就有一个花瓶或者一个花盆“啪！”的一声摔碎在地上。“啊！”亨利说道。“小浑球！”我们厉声叫道。就这样，我们被迫携带各种东西向越来越高的地方逃遁。到一定时候便在家里制造出一幅稀奇古怪的图景。我们俩应该说个子都比较矮，但现在却按高个儿的需要来安排陈设，就像是两个美国职业篮球运动员的住处似的。然而事情还在不断升级。亨利在哪里“进餐”——而他总是要在一些我们觉得不那么特别合适的地方吃东西，哪里就在几分钟之内惨遭全面污染。每次他从外面进来，我们都必须迅雷不及掩耳地逮住他，立即进行彻底的清洁处理，可是很少成功，因为不知从何时起他学会了无声无息地从外面悄悄溜进家里来的本领。有时他的一帮小朋友来找他玩。一般都是在父母“保安队”进行干预之前，这帮孩子一眨眼工夫就组成了一个犯罪团伙并马上对家里的清洁卫生、习惯和规矩大肆进行伤筋动骨的破坏。

我们这个家的面貌发生了急剧的变化，它变得脏兮兮、乱糟糟的，很需要重新装修、整饬一番。我们发出过禁令，我们也求爷爷告奶奶似地让孩子们别这样糟蹋东西，然而这只是防止了最最严重的重大破坏行为。禁止、央求了一阵以后我们还是投降了。不管怎么说我们总不愿意一个劲儿地老是训斥儿子或责骂孩子，除非他偏偏要往我们的手提收音机上撒尿。就是说，我们在相当多的时候是放手让他表现自己。到晚上，当他上床睡觉以后，我就动手清除那些最严重的破坏后果，搬走那一堆堆碍手碍脚的玩具山。

这就叫做别无他法。谁要是爱他的孩子，谁就得让自己习惯于某些“改装”和比较脏的环境。要想防止这种情况，唯一的办法也许是：端着水枪坐在住宅里，到处设置“岗楼”，一看见孩子违反家规就给他一梭子、射他一身水。而夜间又必须用探照

灯把所有的角落都照个通明透亮，因为，当小鬼们一旦发现他们完全可以从“阿尔卡特拉兹”[1]囚室带铁栏杆的床中“越狱”逃跑时，他们就很喜欢夜里起来祸害，到处捣乱和搞点破坏。如果你发现他们正在“作案”，就应当立即将他们抓起来，彻底搜身后大声说：“你被捕了。你有保持沉默的权利。要是你现在嘀咕，那么你的每句话到了妈妈面前都可能成为你的罪状。”

亨利开始学画画了。根据吉莎的愿望，我们把他的画（运用的是青年狂野派风格）在各个房间里摆出来展览。原来挂着的我买来的那些爱德华·霍珀[2]的画和我非常喜欢的那张大宣传画（猎户座宇宙飞船船员合影），现在只被准许挂到几个不起眼的角落里。亨利获得了最终胜利。为什么会这样？我这里有一个理论兴许可以说明。我觉得所有的孩子都——在不同的阶段——着魔似地迷上了某个已故的总是风风火火、情绪极坏的室内装修师，这个人迫使孩子一反所

① 阿尔卡特拉兹（Alcatraz）：美国加州旧金山湾的一个小岛，因从前岛上曾设有一座囚禁重犯的特级设防监狱，提及“阿尔卡特拉兹”一般即指阿尔卡特拉兹监狱。现在成为一个著名的旅游景点。

② 爱德华·霍珀（Edward Hopper，1882—1967）：美国人物画家。

有的美学规则，慢慢地、然而胸有成竹地在家里兴风作浪、破坏捣乱。情况只能是这样。否则我就无法解释他们为什么那样始终如一地对父母的财物大肆进行破坏了。要是我知道怎样驱除这个“魔”，那么我立刻就将它公之于世。因为，请读者相信：当您一旦有了孩子，您会十分迫切地需要它。也许，为了预先作一点精神和心理准备，您应当把几块台布扯下来，在地毯上找几处弄上点脏东西，把两三个抽屉倒空并将其中的东西分藏到整个住宅的不同地方。到了以后的某个时候，甚至会觉得这是件挺好玩的事，就像过复活节[①]一样。

不过说正经的：谁如果不想气得发疯，就得别太较真了，干脆马虎一点，让自己习惯习惯家里多少有点脏乱的状态不也行吗？一个孩子要求大人付出非常非常多的时间和精力。在这种情况下要是没完没了地擦呀、洗呀，那就是不必要地让自己活得很累。对我们两个人来说，可读性很强的“现实问题咨询丛书”中那本名为《自然分娩和宝宝两岁以前》的书真是非常及时。在谈到这个问题时该书作者说得十分明确而中肯：“操持家务稍微随便和马虎一些，表明对孩子

① 基督教国家民俗：复活节将彩绘鸡蛋藏起来，让孩子们去找出这些蛋，据说它们是复活节兔子下的。

有真正的爱心。因为，要在没有帮手的情况下将原先习以为常的家务操持得井井有条，同时又得养好一个哺乳期婴儿或幼儿，无论有多好的愿望这也是办不到的事——除非牺牲孩子的利益。”这话说得已经极为明白，不需作任何补充了。

20. 你现在心里只惦记着孩子

——父亲和妒忌

亨利在大哭大叫，眼泪哗啦啦地流满了两个腮帮子，整张脸涨得通红通红。吉莎把他从床上抱起来，坐到一把椅子上，撸起自己身上的T恤衫把奶头塞进他的嘴里。亨利立即停止了哭叫拼命嘬起奶来，只是偶尔还抽泣一两声，同时那双小手在吉莎的乳房上轻轻地摸来摸去。当时他满四个月。“这母子俩现在展现给人们的真是一幅绝妙的图画，”我站在屋里离他们稍远一点的地方看着他们，心里这样想。但是我同时也觉出这画面我看着有点不舒服。原来，我发现自己产生了妒忌心理。妒忌什么？我妒忌的是：喂奶时母亲和儿子之间那种几乎是神秘莫测、完全旁若无人、两情相依、其乐融融的关系。而我是不管怎样努力也绝对不可能体验到这样一种与自己儿子的极为特别的亲近关系的。这一体会是女人的专利。

吉莎显然心满意足地品尝着这种美好感受。她唇边挂着“圣母马利亚式的微笑”端坐在那里，两眼充满柔情地俯视着自己的儿子。我不想夸大其辞。看着这一景象，要说痛苦那是谈不上的，但我却切实地感觉到一种充满了妒忌的遗憾，我对自己不但此时不可能办到、而且是永远永远不可能办到的事而深感遗憾。说一千道一万，我总不可能请医生将乳腺植入我体内呀！

恐怕每个新做父亲的人都得面对和克服这种妒忌心吧。他往往会一再产生这种心理：既妒忌他的妻子，也妒忌他的孩子。后一种情况，每当他感到自己被妻子忽视或冷落时就会出现。而究竟是出现前者还是后者，则要看当时的情绪和眼前的具体需要是什么了。

当亨利已经几个月、我早已开始上班的时候，我往往十分羡慕吉莎：她能有那么多时间和亨利待在一起，同我们的儿子建立起一种“全方位”的亲近关系。不仅仅是由于喂奶，而且也因为她经常在家，这便在他们两人之间形成一种亲密无间、难舍难分的关系，这样的关系是我根本望尘莫及的。这种情况持续了相当长的一段时间。每个工作日我都是下班回家后让吉莎告诉我有些什么情况、小家伙又有哪些进步、他又捣了哪些乱等等。一个钟头以后他得睡觉了，对此我一方面心里不痛快，然而另一方面又很欢喜，因为我还想和吉莎单独待一会儿、共度一段晚间休闲的温馨时光。我一再发现自己其实根本就不知道自己到底更想要什么：是要做个好父亲呢还是要做个好丈夫。像所有的年轻父母一样，我们夫妻间的关系由于亨利的出现而起了变化。我们的性生活也受到了很大的限制。欲望倒是两人都有，但常常是没有任何时间，要不就是太累，或者是被亨利干扰破坏掉。他很小的时候一直同我们睡在一起，这对我们是有妨碍的。而当他有了自己的房间时，只要有一点轻微的响动他就惊醒哭叫起来，

这对我们那由窸窸窣窣声相伴的缠绵情绪无疑不可能有促进作用吧。

关于这点，我还记得一个星期天的清晨，就很能说明问题。当时时间还很早，外面大风不住地尖声呼啸。我们俩半醒半睡的，以为亨利还在熟睡，两人动作逐渐亲昵起来。温存、抚摸、欲求在逐步升温，当我们正做着最美好的情爱游戏时（为防止可能的干扰我们蒙着被子），突然一辆玩具汽车从开着的门“呲”地滑了进来。紧接着便是亨利那到哪儿都能听出来的声音：“汽车！汽车！”一听到这个我们立刻愣住了。哟，我们想，小鬼马上就要站在我们屋子中央了！睡衣大概是湿漉漉的，尿褯子耷拉在地上，而对于被子底下进行着的那场他看不透的活动，他能作出的反应将是那个包罗万象的疑问词“咦？”。事实也果然如我们所料，至少大体上是这样：没猜准的只是这一次亨利并没有发出他的疑问“咦？”，而是不声不响地干脆利索地一把将电话机从床头柜上拽了下去。“哦，啪！”干完这一“壮举”之后，小英雄又冷冷地对此发表了这一简短的评论！

人在遇到这一类情况时需要的是：保持冷静的头脑！否则已经激起的柔情很快就会丧失殆尽。如果不想使情爱受到不利的影响，那就不能太神经过敏。但主要的是，应当至少试着采取一定的行动。当时我是这样做的：还在吉莎的注意力从我身上转移到亨利身上去之前，我抢先一步从床上跳下，抓过睡袍披上，拿起为应付这样的紧急情况早就暗中藏好的奶瓶和一块面包干把亨利引诱回他的房间去。在那里，我飞快地打开一台盒带录音机放送儿童歌曲，旁边再放上一本彩色儿童画册——做完这一切便火速回房重新钻进小两口的被窝。采用这样的一招，多半可以稳住孩子几分钟不来打扰。要是夫妻俩再适当努一把力，还是可以从先前中断的地方开始继续做下去的，只是时间别太长就是了。读者将会看到：一旦当了父母，很快就能掌握“应急”的艺术！

我承认，碰上这样的事人的心情总是很难始终保持轻松愉快的。当亨利跑来搅乱我们，渐次高涨起来的情绪突然被一扫而光时，我们常常会十分烦躁。而

当两人中有一个某天晚上由于“太累”、“骨头像散了架似的”而不想过性生活时，另一个也并不总表现出充分的理解。尽管如此，性生活受到一定限制从来没有成为我们之间的一个真正首要的问题。特别是因为我们即便没有性事，两口子仍然卿卿我我、互相温存，而且我通常也并没有感觉受到冷落。这一点同我们的好朋友彼得拉和库尔特完全相反。这个问题在他们俩那儿似乎成了婚姻生活中的头号大难题。在一次和我长谈时，库尔特以他特有的那种煞有介事的语气悄悄告诉我：以前一切都“好得没法再好了”。他说他和彼得拉在床上是挺恩爱挺和谐的，至少他自己觉得是这样。但是自从小拉拉出世以来，他们的“性爱频率”——他在此使用了专家的说法——大大下降了。这种情况到现在已经持续了半年。库尔特执意说他妻子把温情和爱心一股脑儿都献给了孩子，一丁点儿都没给他剩下。事情的结果是：他对自己的女儿感到恼火和妒忌：这个小东西从半当中杀进来突然挡在他和妻子中间！彼得拉则说她觉着自己得不到理解。她说库尔特简直从来没想到过要减轻她的负担，一点家务事也不做，丝毫不理解她在夜里起床好几次之后往往确实已经相当疲劳了。最后我们终于弄明白了，原来他们的情况是两口子对对方的期望值完全不同。

库尔特想要继续得到妻子给予他的百分之百的爱心，如他以前曾经享有过的那样（在有孩子后这实际上根本办不到）。而彼得拉则要求帮助来减轻她的负担，特别是要求丈夫的理解，可是在这些方面她所得到的不如自己所期望的那么多，所以就常常感到失望和不快。于是，两人不再像从前那样一起钻进被窝或不再互相温存爱抚，也就毫不足怪了。

在这种情况下，总得有一个人试着打破由妒忌、误会和失望所组成的恶性循环的怪圈，否则夫妻关系很快就有严重恶化的危险。后来库尔特和彼得拉终于又重归于好，好好地谈他们之间的问题，这等于开了一个头，预示着将会有一系列好事接踵而至。

其实库尔特也像大多数男人一样，在发现自己产生了妒忌心之后采取了积极的对策。那便是：撤退到一个自己所熟悉的领域，就是重新拾起自己早先的爱好——喂养金鱼。他可以一连几个小时坐在装满了水的大玻璃鱼缸前，潜心设计水中植物和大小石子的布局，细细琢磨他的那些金鱼。另外一些感到自己被排斥、受冷遇的男人往往去从事一项副业，或者是在本职工作中大量加班加点。他们试图以这种方式回避正面接触自己在家时产生的那些抵触情绪，这样做当然只会导致丈夫、妻子和孩子之间关系的进一步疏远。

至于我，每天简直就是迫不及待地回家。然而这并不意味着我们夫妻之间就没有任何一点冲突。恰恰相反。自亨利出生以来，我们两口子每人在家中都有了一个新的、相当固定的位置。对这种新角色分配，我们一时还不能完全适应。在此之前我们两人都有工作，经济上都是独立的，而现在我成了“抚养人”，吉莎成了母亲和家庭妇女。虽然我们已经这样商定，但当然不是说这样一来就完全避免了冲突。因为不仅仅是我在妒忌吉莎和她与亨利那种“全方位的亲近”，吉莎也经常妒忌我。“你倒好，”她说，“你每天都能见到许多自己想见的人，可以在事业上体验到成功的喜悦，面对和迎接各种挑战，而我却被紧紧拴牢在家里动不了窝！”唉，每人都对自己所没有的东西产生妒忌心。幸而我们的这种心态并没有持续多久。有时甚至还恰恰相反：根据各自的情绪和当天的具体经历，我们俩也常常自我欣赏，看不上对方一天所做的事，把它们拿来同自己的“成绩”比较而嗤之以鼻。“哼，这么一点点家务事，和我有时必须做的那些让人汗流浃背的繁重工作比起来算得了什么！”当处于这种精神状态下时我就会这样嘀咕。或者是吉莎在那里大发牢骚：“你老是待在写字台旁边喝着咖啡，悠闲地想问题，而我，却在辛辛苦苦地干实事，尽心尽力地带孩子，还得经常倒屎倒尿！”这话有时听起来真够刺人的。在这种心态下，每个人都责备对方对自己的处境不够理解。这一类小龃龉恐怕时不时是在所难免的，年轻夫妻都必须过这一关。比如当我由于快下班时电脑里的一篇文章突然出了大问题而心情极为烦躁地回到家时，如果一跨进门就听到“哎哟，你总算回来了。我头好疼，亨利现在得换尿布了，另外我也没法出去买东西，小家伙太淘气了”这种劈头盖脸的满腹牢骚，那么我心里当然没法感到痛快。这样的休闲夜晚就不能不泡汤了。因为吉莎原是高兴地等着我回来减轻她的负担，对她表示爱心的，而我呢，却是期待着自己工作的不顺心能够得到她的安慰、能吃上她做好的一顿丰盛可口的晚餐！这样一来，整个晚上我们两人都耷拉着脸，或者大吵一架，而实际上两个人都有理又都没理。

精神病学家马丁·格林伯格在他的《一个父亲的诞生》一书（参见第十七章）中解释说，许多男人在自己的孩子出生后便有一种失落感，觉得自己不能再做“小男孩”了。他们抱怨说，现在不能再像以前那样显露出自己性格中的薄弱面了。以前每当他们感到自己软弱、束手无策——确实像个小男孩一样——

时，都会得到妻子充满理解的安慰。而这种情况在孩子出生后常常就不同了。原因非常简单：因为有了小宝宝后妻子现在不可能再挤得出那么多时间、再拥有那么多精力去关照丈夫。妻子已经有了一个宝宝，也就不需要第二个了。格林伯格的这段描述，让我清楚地看到了自己的形象。从前，当我心情不好时吉莎马上会来安慰我，我觉得我像个小男孩一样使性子是理所当然的事。而现在家里真的有了一个小男孩，需要我们两人共同付出精力和爱心。当然，这并不意味着当我情绪上出现危机时吉莎只是冷冰冰地让我躺在大门口哭鼻子，我们还是完全做到了时不时扶对方一把。但是从前这样做的时候带着的那种不言而喻的默契现在已一去不复返了。要是亨利发着高烧，那么我的抑郁症发作又算得了什么？一个人必须学着对付这种来自孩子的竞争。

我试着这样做。从根本上说我把自己看成一个所谓的“新型”男人，即尽最大可能去无微不至地关心自己的孩子、对孩子的一切都要亲自过问、亲自动手。我不是时时处处都能做到这一点——但是成功的次数在显著增加。而同别人相比，我在这方面绝不是做得非常差的。不管怎么说，在我们认识的人当中现在还有一大批这样的男人：这些先生的为人同过去那批毫无品位的帕夏大老爷[①]仍然一模一样。这伙懒蛋不知脸红地讲述他们从没给孩子换过一次尿布或是从未喂过孩子吃的，说他们觉得吃奶的孩子总的说来相当没意思，可是另一方面又说他们现在已经在非常高兴地期待着将来同他们的后代一起踢足球等等。每次听到这种论调我都吃惊得目瞪口呆。这些家伙真是不可救药了。当然，用不着每个男人都围上一块兜布驮着孩子去玩保龄球。可是，谁要是迟钝到连自己吃奶的孩子身上的可爱之处都视而不见，那么谁就百分之百地是脑袋瓜有问题了。

不，我和我的多数朋友决不这样做。我们这些"新型"父亲力图尽可能地参与干"孩子活儿"，我们感到自己对换尿布、伺候孩子睡觉以及其他日常家务也负有责任。特别是我们以这种方式逐渐建立起一种与孩子们的感情上的联系、一种与他们极为亲近的关系，这种关系我们的上一代也许还不曾有过。比如，我力图通过一些固定不变的程式来弥补我经常不在家的缺憾，这些做法主要在我和亨利之间实行。它们一直沿用至今，被证明是很好的"父子联络"的特殊手

① 帕夏，又译"巴夏"、"帕沙"，从前是奥斯曼帝国行政系统里的高级官员，通常是总督、将军及高官。现在是伊斯兰教国家高官的尊称，相当于英国的"Lord"（勋爵）。此处为揶揄性的比喻。

段。每天清早，当亨利睡醒开始叫唤时我就立即起床来到他床边，向他问好（“早上好，小淘气！”），把他抱起来，一起到我和吉莎的卧室，钻进被窝和吉莎一块儿在被窝底下亲热一阵。接着我就用奶瓶喂亨利吃奶，吃完后把他脱光让他在被窝里面扑腾一阵，之后再重新包上尿褯子。这就是每天早上的一套程式，不管我那天有多么疲劳都毫不含糊地坚持做下去。有付出就有收获，我得到的奖赏简直太高级了：除了亨利不知从哪天起每当他不想在床上继续待下去时就叫起“爸爸”来之外，再也没有什么比把他那大清早冒着热气的小小身体托在我的胳膊上更让我心花怒放的事了！甚至早晨他嘴里那股味儿我都觉得甜美无比，唔，千真万确。

除此之外还有一些别的程式。每晚下班回来，我总要和孩子嘻嘻哈哈打闹一阵。在各个房间里玩追逐游戏，这使他非常开心。有些时候我们两个又安安静静、老老实实地坐在窗户旁边，我讲些窗户外面发生的事情给他听。在这种时候他总是出神地听着，一边用小手玩我胳膊上的汗毛、这里揪一根那里拽一撮。唔，真是太滋润了！

至于给他换尿布，和他一起洗澡，通常都跟吉莎一起伺候他躺下睡觉，这些早已是不言而喻的事了。这就是说，上班工作的父亲同样有大量机会在孩子身上倾注精力和施与爱抚的。只要有这种愿望，而不是总一味抱怨、诉苦，觉得自己成了多余的人就行。在我看来，许多同性伙伴太倾向于逃避现实，乐于扮演一个得不到理解的丈夫的角色而心安理得，感到自己的爱人现在仅仅是个“妈妈”，还同孩子一起构筑了一座绝对排他的、固若金汤的二人堡垒。要想防止这种事，要求男人具有魄力、激情，有时还需要高度的克制。因为，没有一个女人能长时间容忍她的丈夫总是只同孩子玩耍、只是享受孩子可爱的一面，而把一些很烦人的工作都推给她去做。关心孩子自然也包括当他大哭大叫、“屉屉”都从领子流出来时给他换屎布尿布；包括三更半夜也得起来一回哄哄他或者在他的小床旁边坐上三刻钟，哼几首歌给他听听。我认为，只有真正为自己妻子减轻负担、舍得为孩子花工夫、心甘情愿地承担一部分家务的人，才算得上一个真正的爸爸。我必须承认，对我来说要做到这些并不总是很容易的。周末，当我不止一次被要求给哭喊着的亨利换屎布尿布时，有时候禁不住会想：这个吉莎啊，要是能对我稍微多那么一点点理解，考虑一下我需要休息该多好！有时我们之间确实有一些气恼，但是，我起码很少有被排除在外的感觉。原因很简单：因为我不允许出现这种情况，并且在努力起到一个父亲应起的作用。当然，在作这些努力时，时而成绩斐然、时而力不从心，有胜有负，这是不言而喻的。

恐怕有些“新型”父亲在这方面有时做得好得又过了头。其实，现代派的父亲们也不可过于完美无缺。科普通俗读物作家赫尔曼·布林格在他的《当一对伴侣成为父母时》一书中写道：“年轻的母亲和年轻的父亲之间发生摩擦可能采取各式各样的形式。双方都在为履行母亲的职能而竞争着。新的父爱观念，就是父亲想要在情感上同孩子建立一种非常亲密的关系。这是促使父亲改进自己原来扮演的角色的主要动力。而女人特有的做母亲的乐趣，其着力点也正好在这个地方。女人希望孩子为她们的生活注入新的血液，对她们自身的自我完成起重要的作用。此外，当母亲的乐趣还同在孩子生活中起主要作用这种想法联系在一起。从这个观点出发看问题，年轻的父亲对孩子提出的那些亲近要求对母亲来说简直就构成了一种威胁，因为这些男人竟然意欲染指一些迄今为止一直是属于妇女的东西。”

即使这些话听起来也许有些太一般和夸张，但我认为这里讲的来自那些企图成为更好的母亲的男人的“威胁”的确存在。许多女人需要帮助，需要减轻她们的负担，也希望丈夫和孩子互相了解，但是她们要继续扮演主角，在孩子眼里要成为头号人物。这一点我能理解。如果一个女人决定留在家里照顾孩子，

那么到了晚上和周末——尽管时不时减轻一下她的负担她也非常高兴——她也就不愿意要那样一种类型的男人：处处自以为最懂行、简直就是把孩子从她手中抢过去。真的，要是她连在家里都不能完全不受丈夫的“监护”或完全无须面对丈夫的竞争而以妻子和母亲的身份自主地决定和处理一切，那么她还算得上什么？读者现在也许会提一个问题：那么到底怎样做才是正确的呢？真正减轻妻子负担和不应有的同妻子竞争，这二者之间的界线究竟在哪里？妻子到底什么时候对帮助和关心感到高兴？她又是什么时候对“男性第二母亲”感到妒忌？当然，对这些问题不可能作出一个笼统的回答，而只能是根据每一对夫妻的具体情况来找到答案。重要的是像赫尔曼·布林格所说的：“……夫妻不能否认他们之间的竞争局面，这才不致影响他们之间的关系。”就是说，使父母角色分配完美无缺的理想模式是没有的。年轻父母想脱离传统的夫妻角色分工多远，我看应当主要取决于夫妻双方到底想作多少改变，或者取决于他们觉得采用一定的传统行为模式是否完全适应，感觉是否舒服。如果说仅仅因为“新型”父亲和“新型”母亲很“新潮”，就憋着劲儿硬使自己变成这种人，而实际上两人对传统的角色都挺满意，那么这样到底有什么好处呢？我这样说不是在为保守思想辩护。每当我看到一些男人仅仅为了不被人认为是落后分子而每逢新潮必赶，我常常会有一种奇特的感觉。对于过去那场关于避孕问题的讨论，我至今仍记忆犹新。当时的一个认识是非常正确的，那便是避孕确实不仅仅是女人的事。但是，我的某些同性伙伴因此就认为自己有责任明确表态，要采取断然行动实行“睾丸浴”，我就觉得十分可笑了。当时听人说，当达到一定温度时，睾丸中的精子便不再能使卵子受精（当然，以后再产生出来的精子仍具有这种能力）。于是，当时那些进步的男人开始进行烫水坐浴，在性爱前让自己的睾丸沐浴一番，然后就以为这样就是为避孕作出了决定性的贡献了。这里暂且不说这种方法现在被认为极不保险，当时我主要觉得它十分可笑。试想，成年男子自己“焖”自己的阴囊，那会是一副什么模样？

21. 我们会变成小市民吗？

——交际圈的变化和业余生活

星期六下午，盛夏时节。天气晴朗，万里无云。我们决定带着亨利去听在汉堡城市公园里举行的一个露天音乐会。那时他刚一岁半。在这次音乐会上将有女歌唱家、钢琴家托丽·阿莫斯登台表演。我们心想这位艺术家演唱的那些柔和、含蓄的通俗歌谣，我们的小家伙那双敏感的耳朵大概不至于受不了吧。也就是说，我们打算试试三人一块儿参加这类活动究竟行不行。无论如何，从亨利出世以来我们已经忍耐了相当长的时间，放弃了很多摇滚乐音乐会及类似的热烈狂放、激动人心的活动。可怎么说我们也不愿意变成两个单调乏味、毫无情趣的人啊！于是我们决定加入一批也想去看看托丽·阿莫斯表演和听听她歌唱的朋友的行列。他们对我们这个行动颇感惊异：哟嗬，这对年轻的爹妈现在到底从他们的蜗牛壳里钻出来了！我们怀着骄傲的心情动身去听这次音乐会。“我们要让那伙人看看：带着孩子也完全能参加社会活动的！”到达城市公园时，我这样说。可惜儿子不合作：在这句有点“铤而走险”的话说完后不久，亨利便在汽车后座上呕吐起来。大概是天气极度闷热，再加上车子在街上不断地弯来拐去使孩子受不了。我马上停车。我们草草收拾了一下，把亨利身上弄弄干净，两人又拌了几句嘴，我埋怨吉莎怎么没有给孩子带上一件备用的T恤衫。我们就这样“兴致勃勃”地在禁止停车区停了下来！原来城市公园在举行露天音乐会时不为汽车预备停车场。于是我只得让吉莎和亨利——小东西这会儿又是欢蹦乱跳的了——下车，让他们先往公园大门方向走去。

这就是我们“首次”带孩子参加音乐会这个“行动”的美好开端！接下去，我开车在附近兜了大约一个小时圈子，绝望地到处寻找车位停放我们那辆倒霉的车；这时我也感到恶心起来，因为车里的味道实在不大好闻。不知又过了多久，我好不容易才在一个离公园十万八千里的地方找到了一个停车空位，然后便迈开双脚，打道向城市公园方向大踏步赶去。当我汗流浃背、心烦意乱地到达目的地时，音乐会早已开始。在我离开的这段时间里吉莎和亨利找到了我们那些朋友，大家在一块毯子上席地而坐，看样子情绪非常好。这使我的心境稍稍平和了一些。这一天还会富有成效吗？我心想。恰恰就在这时，亨利敞开肚子猛劲儿拉屎了。——对不起，我不得不使用这样明白无误的字眼，因为要说他“拉在尿布里”是不符合事实的。他是不折不扣地稀里哗啦地弄得全身都是，就连领子上也都是稀屉屉！我们只好给他擦干净换上新的，然而对我们在他身上采取的行动他不断发出恶狠狠的抵抗：震耳欲聋的大吼大叫，活像一架即将起飞的巨型喷气式飞机。这很讨厌吗？不对！您不知道：在周围那些对我们颇为不满的人的众目睽睽之下，这样“虐待”自己的孩子，实在是个极大的乐趣！五分钟后一切又复归平静。别人告诉我们到目前为止，音乐会相当精彩。我听到这话，现在才第一次把目光投向了舞台，然而当我刚刚开始让自己沉醉在托丽·阿莫斯的美妙声音中时，吉莎便揪揪我的袖子对我说：“亨利溜号了。我没法拉住他。我们俩得有一个出去跟着他。”于是我当即承担起头号保镖的职责，跟在我儿子屁股后面也溜达开去：小家伙这时在音乐会听众中间嘴里不住地嘟哝着穿梭爬行。每当他从别人腿上、脚上爬过时，多数人都哈哈一笑，而我则对人家报以一脸苦笑。实际上我当时真恨不得大哭一场，因为我必须不断地从亨利手中把那些香烟头、掉在地上的面包渣和碎香肠、喝得只剩一半的啤酒瓶等等夺走。但不知是什么时候他竟然坐了下来，聚精会神地盯着舞台瞅。真是太好了：这样我不也就可以看上一眼，了解一下音乐会进行的情况了吗？大约一分钟后，有人一脚踩到了他的手上。读者现在也许会想我这是为了叙述的戏剧效果而大大夸张了吧——然而非也，事实正是如此！确确实实有一个人踩着了他的手，因此可以想见：他紧接着便持续不断地怒吼狂叫起来。我一看他的手，除了一个淡淡的鞋底纹外其他都还好。可是亨利的大好兴致却因这一突然事变而一去不复返了。我把我们这位大哭大叫着的儿子抱回了大伙儿的座席，告诉吉莎我们父子碰上的倒霉事，然后我们决定先把亨利带到外面去好好观察一下再说。到了外面他相当快地停止了哭闹，但毫不妥协地厉声反对将他再次带回到踩他的那些恶人——这些人现在正心醉神迷地聆听着音乐——那里去。换句话说，我们和儿子共同欣赏音乐会这项活动，到此就宣告结束了。我又很快地回去向我们的朋友们告了别，他们表面上假惺惺地对我们表示关切和理解，但我敢肯定这帮人心里一定在庆幸：这三个吵得人头疼的捣乱分子总算走了！我并没有生他们的气。同朋友们告别后我便跑出了音乐会场地，来到吉莎和亨利身边，告诉他们我把车子停在“西伯利亚”的某个地方，所以他们还需要“稍候片刻”才能驱车“回府”。

自此以后我们便暂时没有再带孩子去听音乐会。反正我们早已成了哪儿也不去的“看家”大师了，非常难得偶尔去电影院看场电影，几乎没有去过剧院看戏。只是在可能的情况下我们去参加生日聚会一类活动，以免把自己的社交圈子限制得太过狭小。再说，想找到临时看孩子的人也比较困难。换句话说：有孩子后我们的业余生活起了重大变化。更确切些说是负

面变化——在这个问题上没什么可以粉饰太平的。恐怕对于所有的年轻父母来说情形都是一样的，你只能努力着去习惯它、适应它。现在，所有以前觉得是理所当然、毫无问题的事，一下子都变成了煞费苦心、费尽周折却仍然难以办到的大事。起码如果打算全家人一块儿去做是如此。朋友请你们星期六晚上八点钟去吃饭。这在从前一句话答应下来就能办到。而现在却必须先找一个看孩子的（“可不可以再去问问奶奶行不行？”），还要为亨利准备好夜间穿的衣服，如果碰上不那么有经验的临时保姆，也许还得在离家前先把孩子哄睡着了（这样一来“赴宴”便会迟到），并且为来人预备好晚饭以及供消遣的录像带（因为你总想让保姆在自己家里干活感到舒适吧）。此外还有一个每次外出都必须考虑的问题：究竟可以离开多久？如果去看电影，那么看完后就会有如下的对话：“我们再去什么地方吃点东西你看怎么样？”“唔，已经快十一点半了，最好还是别去了。”然后就随便找个免下车快餐店马马虎虎地往肚里塞上一个汉堡包便匆匆打道回府了。所以说我们是经常待在家里请朋友们来我们这里吃饭。这样做大家总是很愉快，朋友们都很乐意来。我们常常做些很可口的饭菜招待他们，可是搞得太多也让人有点腻味了，人总是还想和朋友们一道去参加点什么有意思的活动，去滑个雪或者到别的地方去聚个餐等等。加之周末晚上十一点以后我们往往体力不支，精神上也不能始终保持旺盛饱满。特别是在亨利还不能一觉睡到天亮的那段时间里，我有时简直疲惫困乏得必须使劲掐自己或者采取其他自我折磨的办法才能支撑得住。在这样的时候要是喝了点酒就更糟糕了。我的好朋友马尔克宣称：有一天晚上我喝了一杯红葡萄酒以后那副尊容活像一只吸毒上瘾的兔子！说到过早累垮的情况，我清楚地记得一个很特别的晚上。那天吉莎告诉我，她想快快地上楼去看一眼亨利，稍微哄他一下。可是这一上去就没有再下来。原因非常简单：她干脆就坐在儿子旁边的一把圈手椅里睡着了！当时我咬牙坚持着在楼下和客人们继续聊天，心里对我这位太太竟然厚着脸皮根本不和客人道别一声就自己跑去睡觉的行径大为震惊。

当朋友们晚上到我们家做客、时间又比较晚了时，他们当然也留意到我们的精力渐次不济这个情况，于是不同我们商量自己搞起了余兴活动。现在回想起来，我们当时心里真是非常痛快：我们去睡我们的觉，而同时在家中另一个地方却有人热火朝天地玩起来，这不挺带劲吗！可是过一段时间我发觉吉莎和我都对这些活动越来越不上心了。我们的需要逐渐在发生变化。和几个好朋友聚会，成宿不睡觉地喝酒、神聊、嬉闹，不耗到最后决不离开（在过去不这样是不可想象的），这些东西现在我一下子都看得不那么重了。我们的周末突然有了新的重点：一家三口从容不迫地共进早餐、和亨利玩耍、和吉莎一块儿烧饭做菜、晚上请朋友到家里来坐坐。对汉堡那些热闹的聚会我是越来越不感兴趣了。这么说，我们是不是变成了小市民？我们是不是把自己的时间主要都花在温暖的小家庭里而不到外面去享受大城市的沸腾生活？如果一定要这样说——当然也未尝不可。但是请您相信：这样做时人的自我感觉并不像一般人所想的那样糟糕，至少是如果对当爹妈产生了乐趣，并且发现不去外面玩也同样可以做许多有意思的事情，情形就是这样。当然我们在这里并没有夸大。我们两人的父母、小老鸭、露特，他（她）们都定期来帮我们照看亨利，这样一来我们就能时不时筹划点什么别的活动。此外我们偶尔也各自单独外出，以便每人都能——像从前一样——不受家庭约束去参加一些自己喜欢的娱乐活动。然而即使在这种时候，感觉和从前也确实不完全一样了。有时我在参加聚会时会突然发现自己在偷偷看表，暗自思忖着：是不是该走了？亨利明早七点钟会醒，他决不会让他这个醉醺醺的爸爸舒坦地继续睡下去，而是好好地给他醒醒酒：将一辆玩具车狠狠砸到他脑门上！不过这也不是说我晚上就不能出去消遣了。我知道周末活动开始得很早，所以去参加这些聚会就比当爹之前离开得早一些。我们是化被动为主动、将不得已而为之变成了心甘情愿做好事：现在我们也不睡懒觉，而是懒洋洋地躺在被窝里和亨利逗着玩儿，时间不限，能多久就多久。这样做往往非常舒心也非常好玩。和儿子来一场“靠垫大战”或者在被窝里捉迷藏，完全可以替代那未能参加的几个小时欢快的聚会！每次都玩得跟过节一样痛快。有时玩着玩着亨利甚至睡着了，于是我们也跟着他再小憩一会儿。再睡半个小时。绝对不行！过一阵，亨利就发出该吃早饭的信号：他从床上爬出去使劲摇晃楼梯前的栏杆，怪声怪调地喊着：“喃姆，喃姆。”

总而言之，我们完全根据新的情况来采取相应的措施。我们的业余生活必须与孩子的需要以及由此而产生的某些必要做的事相适应。事情就这么简单。这就是问题的全部！因为这个而无休无止地怨天尤人，对解决问题是毫无裨益的。我们相当快就习惯了这个新的时期。当然，一个相当挠头的问题是朋友们对我们的新“业余生活方针”的态度。在我们的朋友当中，对此作出的反应是十分参差不齐的。很成问题的是几对（还）没有孩子的夫妇。他们干脆就逐渐退出了我们的圈子，然后，过几个月就杳无音信了。他们很不满意我们现在晚上时间比以前少，聚会时孩子几乎总在一旁，在我们家不能抽烟，我们的自由受到很大限制，我们的兴趣中又增添了一个重要话题，即如何做父母及与此相联系的种种欢乐和忧愁。这些不满他们从来没有直说，然而到一定的时候我们和他们之间的疏远就成为无法掩盖的事实了。主要是他们不知道该怎样对待亨利。一句话，他们对孩子，不管是我们的还是别人的，一律不感兴趣。所以我们和他们互相间渐渐就见不着面了。只要有两三个这样的人我心里就已经很不是滋味。幸而我们那些真正非常重要的朋友不是这样。纵然他们没有孩子，但也还是努力参与到我们的新生活，竭力使自己适应变化了的情况，并且当我们对孩子过于“黏糊”时也能对我们提出批评，真是万幸！比如玛丽昂有时候一到我们家就宣布：今天晚上有关孩子的话题只许占百分之三十！此外，那些一直同我们保持着密切接触的朋友们也同亨利建立了良好的关系，结果许多人较长时间见不到亨利便着实焦急起来。有时我们周末会接到这样的电话：“今天下午一块儿喝杯咖啡怎么样？我们一定要再看看你们的小胖墩儿！”有几个甚至喜欢撇下孩子的爹妈单独带亨利出去散步，因为爸爸妈妈不在场他表现得更随和更活泼，更乐意重复表演他那几套拿手好戏。对了，这里还要提到我的另一批朋友，他们一点也不会逗孩子哄孩子——自然包括亨利在内——，但却仍然是我的朋友。我们见面的时间不像以前那样多了，但我们仍然保持接触，单独会面，这证明年轻父亲和没有孩子的青年男人也还是可以保持男人间的友谊的。这可完全不像听上去那样不言而喻和平淡无奇。我就认识不少人，他们的交友圈在孩子出生后发生了百分之百的变化。他们眼里现在一下子只剩下有孩子的人了。这难道不是很可怕的吗？朋友之间要是真正互相器重，那么虽然现在有着不尽相同的生活空间，但总还是能时不时挤出时间聚会、维系同老朋友之间的友谊。只要双方都有这样的愿望就行了。这往往需要毅力和耐心，但并非不可能。没有什么情况比朋友中有一人当了父亲更能严格考验他们之间的友谊了。在这种时候，男人与男人之间的朋友关系究竟有多少分量就会显示出来。

这里我还想补充一点，我当然并不排斥有孩子的几个家庭在一起聚会。我们现在同一些有着幼儿的家庭接触也比以前多得多，同其中一些人建立了真正的好朋友关系。使我感觉不快的只是许多年轻父母那种看法：他们觉得有了孩子便必须放弃自己原有的朋友圈而从此仅仅同其他有孩子的夫妻交朋友，这是一件天经地义、理所当然、完全无法被左右的事。认为有这种必然联系我觉得是很可悲的。当然，一般说来新做了爹妈的人同别的年轻父母聚会是非常自然、完全可以理解的事。因为他们有着相同的问题、相同的欢乐和相似的“白天—黑夜”节奏，对各游戏场所的状况和儿童剧院演出的节目有着共同的兴趣，对噪声、高声喊叫和其他孩子特有的行为方式一般都有比较大的包容和承受能力，特别是不必经常宣称：请别在这里抽烟或者请别给孩子糖果。在一对对年轻父母之间，对于自己目前所处的特殊地位有一种基本的默契：他们都知道自己时不时需要——为非常喜爱的孩子——付出些什么。虽然如此，我觉得要和某人交上朋友单凭这种基本默契还是不够的。即使他们也是父母，我还必须对他们有好感、我们还需要有几样共同的兴趣爱好和超出尿裤子和哺乳范围之外的别的话题吧。否则我简直会发疯的。对于年轻的母亲们来说，这方面问题就更大些。为了每个星期至少能外出一次，许多年轻妇女参加了由区里、教会或者私人组织的所谓“满地爬小组”。在那里，同一地区的年轻母亲们相聚在一起喝咖啡，同时让她们的孩子们在一块玩游戏。吉莎说这可能很有意思。但是在那样的地方也经常出现这种情形：一些除了都是当母亲的以外压根没有任何相同志趣和爱好、毫无共同语言的女人聚在了一起。是啊，遇到这样的伙伴，那就只能是大家干坐着，非常别扭地没话找话，随便闲聊几句（“盖尔达，请把奶瓶递过来给我好吗？”），可心里却在想着：“瞧这个缺心眼的娘儿们在这儿胡诌些什么乱七八糟的哟！”因此，一些女人宁可独自待在家里，或者去和没有孩子的女友聚会也不去这种地方，这是毫不奇怪的了。

我所以觉得同没孩子的父母接触很重要，还因为这种联系能帮助我们，使我们不致从正常人完全演变成只知自己是父母而不知其他的、往极端片面发展的人。有了孩子的人时不时总需要别人提醒一下：请注意，你的行为有些稀奇古怪。否则，他们就完全无法理解那个没有这批小捣蛋鬼的世界上的人们观察问题的方式。我现在还非常清楚地记得以往我们还没有孩子时的那些日子。那时我们有多少次为我们朋友中某些父母的行为方式感到气恼啊！您看，原来大家好好坐在一起，边吃边聊，谈兴正浓。可是，当小调皮鬼中有哪一个搞出一点响动时，他妈妈和爸爸便立即转过身去，全部精力都集中到他那边去了。大家谈得正起劲的话题现在对他们来说完全可有可无、爱啥是啥了。有时他们甚至忘记了大家刚才正热烈地讨论汉堡的港口街道，而在讨论被突然腰斩之后兴致勃勃地讲述起小女儿宝拉昨天干的一件非常讨人爱的事情来。这真能把人给气疯了！这就同下面这个坏习惯完全一样：在悄悄爬下床的小捣蛋鬼们的软磨硬泡下，正在吃晚饭的父母便非常慷慨地把刚刚做好的香嫩牛排拿给他们吃，小家伙们抱着一大块肉东咬西啃却吃不下去。结果呢，所有的大人都得从他们面前的那块牛肉上切下一些来，以便那忸忸怩怩的父母（“哎呀，不必了！”）也能吃上一点。我并不是不愿让孩子吃东西，但这里的情况是孩子们已经吃过了晚饭，也被

准时哄上床睡觉了，大人们终于能清清静静地吃上一顿安生饭。可是小东西们刚一露头，大人却连一星半点把他们哄回床睡觉的意思都没有。是的，不仅不哄回去，而且放手让他们在吃饱了的情况下硬往肚子里再塞牛排和饭桌上本来就不多的鲜芦笋，直到他们撑得难受了才去干预。有一次在同几对年轻父母一起做饭时，我甚至碰上这样的事：一个小男孩嘴里塞满了蘑菇炒蛋，捣腾了一阵之后没法完全下咽又吐出来一些到他面前的碟子上。孩子的父亲当即端起这碟经过了“初步消化”的残余食物，把它倒进了灶台上的油锅里，成了我们即将享用的晚餐的一部分。我提出抗议，说这恐怕太恶心了点吧！遇到的却是完全的不理解。“你这是怎么啦？别那么装模作样了，这是一个孩子嘴里的东西呀！”事后这位父亲的确花费了一段相当长的时间才认识到，孩子嚼剩下的东西不应该放到别人的饭菜中去。这种事，也只是大人和自己的孩子单独在一起，在自家的厨房中做做。

亨利出生后，我往往也会突然发现自己干出一些以前曾经激烈反对过的事情来，或者更准确些说：我往往在干这类事时让朋友们当场抓住。我常常仅仅因为亨利嘻嘻一笑就立即中断和朋友们的谈话。

要是亨利在他的水杯里把一个土豆压成稀泥，然后再用勺子把那黏糊糊、烂糟糟的糊糊一点一点地舀出来，别人觉得很恶心，我却差点把肚皮都笑破了。我还常常一连几个钟头絮絮叨叨讲述亨利的各种进步，让一些客人感到腻烦透顶。然而我坚持做到了：永远不沾染某些年轻父母的一个恶习，就是每当我们在别人家里做客时我都觉得自己要对亨利所做的一切负责，于是始终注意着不让他去乱摸人家的组合音响、把手伸进录像机里去、毁坏人家的音带像带或者把地毯弄脏等。过去，当有人带着孩子到我们家来做客时，像这样一类事情总是让我受不了。有些父母眼看着自己的孩子拆人家的各种设备而全然听之任之。他们的观点是东道主必须告诉孩子们该做什么和不该做什么，必须自己宣布各种禁令让人遵守。但是这对没有孩子的人来说是个过高的要求，要满足这样的要求是完全没可能的。没有孩子的人不知道对孩子必须用什么样的语气、说话的声音应该有多大或者到底要怎样做才能使孩子老实起来。我认为这些终归是做父母应尽的职责。总不能指望被拜访的朋友替你教育孩子吧。吉莎的看法与我近似，但她觉得我有时又有点过分。原来要是我们在一家餐馆吃饭，那么我宁肯带亨利到外面去玩让我的饭菜凉掉也不愿让其他顾客听到孩子一点点的叫闹声。我妻子认为我每次总是行动过早。她觉得那么一丁点儿噪声客人们肯定认为无所谓。我在这样一些时候心里总是非常不安。我永远忘不了那次在兰萨罗特岛度假后乘飞机返回德国途中的情形。那一天，亨利在起飞后不久就哭叫起来，接着大约整整一个小时没有片刻停止，我们两个都快急疯了，特别是坐在我们旁边的那一对夫妇，先前亨利冲着他们嘻嘻笑时两人就已经很不满意地朝我们两人直瞅了。又过了半个小时后，我只好干脆抱着我这个不识相的儿子蹲到紧急出口前面紧挨着驾驶舱的地方，让自己的背脊感受着空姐们那怜悯的目光来聊以自慰。

22. 我的孩子和我心里的那个孩子

——忆往昔岁月

我试图入睡，然而心绪久久无法平静。今天一切都顺利地安然度过了。吉莎和亨利现在睡在我身旁。这是孩子出生后的第一夜。我们总算又回到了自己家。我聆听着孩子那轻轻的呼吸声、细小的咿唔声和他那张可爱的小嘴不时发出的啧啧声。好了，现在我们是一个完整的家了。此刻，几种强烈的感情在我胸中奇异地糅合混杂在一起，搅得我心潮激荡不能成眠。这里有喜悦、有幸福感，同时也有一种伤感、沉郁的情调。不管怎么说，今天意味着自己的一个生活阶段已经永永远远地结束了——最终我告别了自己的童年。现在，我不仅是我父母亲的儿子，而且同我父亲从前完全一样，是一个小男孩的父亲了！于是，往昔岁月的一幕幕场景，此时飞快地掠过我的脑际，一些关于童年时代的零星的片段回忆突然浮现出来。看：我的弟弟和我坐在长沙发上，两人都穿着睡衣。哦，原来我们是在同爸妈一起看海因茨·吕曼[1]主演的《布朗神父》。我父亲嘴里叼着烟斗，母亲手里拿着一只橙子在削皮，削完后她把它切成两半，给我们弟兄俩一人一半。还有我的小妹妹科内利娅。有一次她非常伤心，因为两个哥哥从她的碟子里——那天是圣诞节——偷偷抓走了一些吃的。（她很喜欢吃杏仁糖果和巧克力，舍不得吃完便常常把它们攒起来，一直存放到下一年三月）接着回忆起科内利娅给我们念一篇童话故事。小老鸭和我都在嘻嘻哈哈取笑她，因为她老是念

① 海因茨·吕曼（Heinz Rühmann，1902—1994）：德国极受欢迎的喜剧演员和性格演员。生于德国埃森。

错字。当她把“灰姑娘”说成了“黑姑娘”时，我们的肚子都笑破了。画面再度转换成我们在爸妈床上乱跳乱闹。这个场景随即又被另一幅温馨和慈爱的画面所取代。然后冒出来的是一组吵架的镜头。“你这个浑球！”我父亲大声叫骂道。“我不是浑球！”我同样叫嚷着顶回去。父亲高高地扬起了拳头。这拳头“嗖”地冲我落下来，到离我的脸很近的地方突然停住，改变方向打了我大腿一巴掌。啪！疼极了。他以前是从来不打我们的。我感觉受到了很大的屈辱，心想，爸爸怎能让我受这么大的罪啊！第二天，他说他心里挺难受。“我的孩子，你太让我生气了啊！”说完便伸出手来跟我握手——就像对待一个男子汉那样。我原谅了他。画面跳转到了母亲那里。她在哭，因为小老鸭头冲下从楼梯上摔下去了，必须送他去医院。他脸色煞白，额头上直冒虚汗。他可从来没出过这么多汗哪。我什么也不懂，只知道他在那个有着许许多多床的房子里待了两个星期。妈妈紧紧抱着我，使劲亲我。哎呀妈妈，我可没有摔着啊！

我让回忆的图画一幅幅从眼前飘过。有甜美的，也有伤心的。亨利以后会有怎样的回忆呢？我在他心中将是一个什么样的父亲呢？我暗自下了好多决心。我将永远不打他。这一点是确定无疑的。我们自己就——除去母亲气急时打过我们几个耳光和父亲那唯一一次情绪的失控外——从来没有挨过打。为这一点我也很感激我的父母。我们这一代人中有许多人还尝过藤条的滋味，这东西平时放在立柜顶上，谁如果违反了家规，就立刻起用，像刽子手那样冷酷无情。“打的是你，可我身上比你还疼，”那位父亲大人总是假惺惺地这样说，一边还是狠命地抽打着。

不，我决不可以这样！对自己的儿子我将是一个十分温柔体贴的父亲，要让亨利感觉受到保护、受到疼爱，但同时又要让他学习走自己的路。这话听起来完全是老生常谈、平淡到近于俗气——就像某本廉价的儿童教育手册里所写的，可是我确实就是这样想的。特别是要让他一点也不怕我。我爱我父亲，但是在我小时候有时会有点怕他。因为他脾气火爆，往往突然间大发雷霆，实际上几乎什么事也没有。可我们都知道，要是他一旦真的情绪失控，很可能就会出点什么大事。我也和我父亲完全一样，所以我要为了亨利改掉自己这个坏毛病，正因为我自己从前就不喜欢父亲身上这个毛病。我父亲也非常有主见和自信，他这种性格我一直非常欣赏。其实他根本没有必要像他间或表露出来的那样勃然大怒。可是由于他正好把这种性格遗传给了我，我就知道：恰恰是在自己觉得大喊大叫非常痛快、能把自己的怒气宣泄出来的时候，硬要让自己不那样做是极端困难的。不过今天已经当了爷爷的父亲倒是成了平静与祥和的化身。他甚至允许亨利把他的水彩画笔从桌子上扔下去或者把糊糊喷在他的手上而丝毫没有动气的意思。

经常有这样的情形：我一和亨利在一起的时候，总想起自己同父母之间的过往。我常常翻阅老相册，看到自己的父母处在我们现在面对亨利时所处的完全相同的地位。有一张照片上是我骑在父亲的脖子上。另一张是小老鸭正往露台上撒尿，我的爸妈笑呵呵的。有几张拍的是张着的大嘴，正往里面起劲地塞糊糊。哎呀，这些画面是多么相似呀——这是一次往昔之旅，而过去的事情由于亨利的存在，一下子有如近在咫尺了。

每当儿子摔跤后哄他时，都会突然看到自己坐在母亲胳膊上抽抽搭搭的情景。每当我骂他时，都似乎听到了我爸妈的声音。三十三年前我学着走路时，肯定也是和亨利现在在我和吉莎面前完全一样兴高采烈地哈哈笑着向我爸妈伸开的双臂摇晃过去的！上一代和下一代走的是同样的路。在家庭传统方面也是如此。我的曾祖父是一个交响乐团的定音鼓手，我父亲是一个爵士乐队的打击乐手，我和小老鸭两人都会打

击乐器，现在每当我用手指在桌上为一首歌曲打拍子时，亨利已经着迷地盯着并且跟着敲得挺欢。在这样的时候我总好像看见我父亲用手指头在他的烟丝盒上敲打，而我们三个孩子则瞪大好奇的眼睛瞅着他并试着模仿他的动作。我们就是这样学习打击乐器的。可能亨利也想学习演奏这种乐器吧。唔，对此我心里很有底。不管怎么说，我们家里现在有这样的一件乐器放着，在它上面弄出多大的噪声来都可以。而这正是所有孩子都喜欢的。

亨利越大，我也就越加清楚地觉察到自己是在不断地模仿我的父亲做父亲。我像他当时同我们几个孩子游戏那样同亨利游戏。当我在孩子身上到处挠痒痒玩时，嘴里发出的是与我父亲当年同样的一些“怪兽声”。我也对亨利讲一些类似的笑话。看来人们总是凭直觉去同孩子一块儿做那些他们自己孩提时代非常喜爱的事情。反过来，人们在孩提时代讨厌做的事，现在自然也就竭力去避免。可惜这种努力不能每次都获得成功。有时，当亨利惹我生气、我冲着他大喊大叫、他瞪大眼睛可怜巴巴地瞅了我一会儿便放声哭起来时，我会立刻想：“哎呀，你不是不想因为每一件屁大点事就冲孩子大喊大叫吗？”话虽如此，但后来这样的事还是时有发生。

另外就是关于担惊受怕的问题。我的母亲经常为我们几个孩子担惊受怕。她总是怕这怕那、忧心忡忡的，要我们时时处处多加小心。任何一个地方在她眼里都是危险的渊薮。窗户吗？你们可别离那里太近了，会摔下去的。在我们差不多已经长大成人时，晚上只有从钥匙声知道每个人都已经平平安安回到家里了她才能睡得着。现在，我一再惊奇地发现自己也开始以同样的方式对待亨利了。我心中豁然开朗，一下子充分理解了我的母亲。每次亨利下楼梯我都要对他说“小心”，尽管他已经非常小心了；不论在什么地方，只要他往高处爬，我就浑身瑟瑟发抖，站在下面伸出两臂，作好了万一摔下来可以接住的准备，直到他最后终于被我不断的示意传染感到害怕了，这才去把他抱下来。时至今日吉莎也还在设法帮我克服那无休无止担惊受怕的心理。“孩子可不能变成像你一样的胆小鬼，”在一条狗离我们还有五百米远的地方，我就赶紧把亨利高高地抱起来，杜绝哪怕仅有的一丝一毫的危险，吉莎总是以一种挖苦我和坦率的语气对我这样说。而我则需要使出全身解数，才能抑制住自己的惧怕心理。

亨利的存在还从另一个完全不同的方面激活了我心中的那个孩子：我又重新对玩具异常着迷起来。我可以连续好几个小时翻看那些——价格高得吓人的——木制玩具火车的销售目录，在各大商场陈列出来的商品堆里乱翻一气，在报纸的广告版里没完没了地遨游，这都仅为了或许能找到一件价廉物美的玩具。本来我们决定只给亨利有选择地买一些玩具。我们不想让他像有些孩子那样得到过多的玩具。“反正

他也不能完全懂得某些玩具的玩法，”我们这样想并作出了“合理”地送玩具给孩子的决定。当然在这一点上我们还是失败了。因为，购买各种玩具、尽情欣

赏亨利那手舞足蹈的高兴劲儿，对我们的诱惑实在是太大了点。我突然间又开始用儿童的目光去看待世界上的一切！一辆小汽车，一揿按钮，就嘟嘟直叫，车灯忽闪忽闪发亮，要不要？太棒了！我们怎么能没有！一辆垃圾车，用它甚至能卸一个小小的真正的弃物桶，要不要？太好了！亨利和我不就每个星期五都兴致勃勃地站在一旁观看垃圾清洁工干活吗？哪能不要！这样下去玩具快泛滥成灾了，吉莎不得不迫使我“刹车”。不买玩具了，她就一会儿给亨利买几件小牛仔裤，一会儿又添一件地道的少数民族风格小上衣以及诸如此类的花哨小玩意儿。不过您别说：亨利穿上这些东西倒确实仪表不凡，酷毙了！话说回来，即使我们极力克制自己，可爷爷奶奶、姥爷姥姥、姑姑舅舅、叔叔婶婶还会带来令人眼花缭乱的东西送给孩子，他（她）们兴高采烈地在亨利的欢呼声中把大包小包打开。不过，到一定的时候我们还是狠狠地刹住了这股购物狂热，甚至将一部分东西藏起来，这样我们的小家伙至少能把精神集中到一两件正事上。

有时，我在看着他玩的时候寻思：小家伙将来可能会成为一个什么样的人呢？他会有什么样的性格？有些什么才能？又有哪些弱点？我觉得有一点是确定无疑的：根据我们到目前为止对他的了解，他将来会成为一个极富幽默感的人。不管怎么说，他经常笑得前仰后合，而且胡吹瞎侃起来也没完没了。这一条我觉得极为重要。同没有幽默感的人在一起我简直什么事都干不成。除了这点之外，暂时还没有什么迹象表明我们的儿子将来会有什么特别的能耐。迄今为止他既没有表现出有语言才华，也没有表现出非常灵巧的设计技能。不过我们本来就不想要一个神童。据说神童很少有幸运的。我们决定对亨利不采取任何强制性的教育手段，而是很有分寸地对他实行循循善诱的引导。我们两人的父母从前对我们也正是这样做的。从一定的年龄起，我们就自己决定是否要上高中还是宁可去当学徒学艺了。我们在学校中学习成绩如何也基本上被看成是我们自己的事。我们的父母觉得：怎么说那也是我们自己的生活啊。他们这种看法实在是千真万确！对亨利我们也打算采取类似的做法。当然，面对着一个还只会满地爬的孩子就已经开始思考他将来的就业前景，这听起来也许使人感到荒谬。但是现今的父母考虑孩子的未来要比过去的父母多得多。至少，孕期刚开始他们就得为争取将来孩子在幼儿园里有一席之地而操心了。

我现在一再作这样一些回忆自身往昔的精神旅行，时而是一件玩具让我忆及过去，时而是吉莎做的一个手势或者冲孩子说的一句话把我带回童年岁月。我希望自己这种不时从儿童视角出发看问题的心态还能保持一段很长的时间。因为，我看有太多的人完全忘记了自己儿时的感受，忘记了小时候什么东西挫伤过他们的心灵、什么东西使他们欣喜无比，忘记了他们那时都有过哪些害怕、哪些希望和梦想。我觉得，只有努力去回想这些，才能最终正确地懂得自己的孩子。我在这方面正竭尽最大的努力。比如说，在各大商场的玩具部里，我就经常不太困难地把自己变成一个十岁的孩子。这种能耐恐怕不能说微不足道吧。

23. 住旅馆的惨败

——带着孩子度假

“咳，没什么，小东西我们带着去。”亨利从出生起就几乎一切万分顺利，以至我们——在他还不满八个月时——就不顾好心人说这样做有时弄不好会带来很多麻烦的忠告，坚定不移地筹划一次较长时间的带着他去度假的活动。不管怎么说，我们的孩子被认为是很好带的，这小家伙完全不认生，而且大部分时间情绪都很好。要说到了奥地利这些就都不是那么回事了，这不是笑话吗？是的，我们要去的地方正是那里。更明确地说，我们将去我朋友保尔的家人开的一家旅馆住下，保尔向我们保证，从旅馆出发到“好几处风景绝美的地方去玩都非常方便”。我们预订了房间，将行囊装上车后立即出发了。在我们的行装中有数不清的尿布、各式玩具，当然少不了亨利用的那些促进身体健康的婴儿食品。之所以把这些东西全部带上，是因为我们不知道下一次怎样按我们自己的想法去买“完全符合孩子需要”的东西。

开始时一切都进行得非常顺利完美。我们的儿子开心地坐在汽车后排的儿童座上，兴高采烈地玩着他的小布熊，嘴里咿咿呀呀地唱个不停。不知什么时候小东西睡着了，这时我们两口子真觉得带上孩子“痛痛快快地作一次汽车旅行”“完全没有问题”。可是过一会儿他醒了，立马同刚才判若两人。现在，他觉得儿童座限制了他的自由、肚子很饿、车里又太热——他那潮乎乎的脊背清楚地说明了这一点——这时他大哭起来，于是我们在两小时行程之后第一次停车休息，在这里给亨利喂吃的，为他换衣裳，我们自己也吃了点东西。诸事完毕后便继续上路。又过了两个小时——“哇哇哇！”——不得不第二次停车——就这

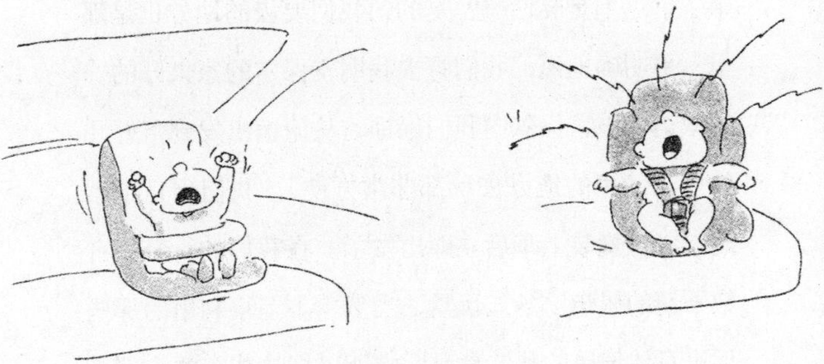

样，走走停停折腾了一路。原来我们对亨利的耐心和耐力估计得过高了一点。除去熟睡的时间，他很快就不乐意老老实实地待在后排自己的座位上受那热得浑身出汗的罪了。因此吉莎便坐到了后排，力图用逗他玩、给他好吃的东西的办法尽量延长两次休息之间的行车时间。这种做法取得了几分效果。最后我们终于习惯了亨利的节奏。这样走走停停，我们虽然决不可能成为那种一开车就呼呼向前猛冲、大过其兜风瘾的风驰电掣派旅行家，但无论如何也还是能做到在车里总保持着轻松愉快的心态吧。咳，停车休息那么多次，不轻松才怪呢！就这样，我们一直磨了三天才到达克恩滕。沿途我们在几家小旅店投宿，每夜都要一个双人房间，把亨利放在我们两人中间。哎呀，全家人睡一张床，这是一幅多么温馨的画面！多么温暖、何等亲热！可惜事实上并非如此。亨利经常从中间的"客位"溜到爸爸或者妈妈一边去，每夜大约要醒上四五回，醒了就得费好大劲才能把他再哄睡着。有时他决定早晨六点钟便不再睡了，所以我们总是很早就离开旅馆。

我们下榻的旅馆并不像人们给我们描述的那样高级、舒适。显然它的黄金时代已经成为过去，现在仅仅散射着奥匈帝国没落时期的一点余晖罢了。但我们还是决定住下来，把一切都安排得舒服些。不管怎样，我们受到我那位朋友的母亲的热情接待。保尔本人当时不在本地。他母亲向我们致歉，说他有一件紧急的事情需要处理，必须去美国作一次调查，也不会很快就回来。喃，我想，这下子可太好了：没有导游、没有内行人的指点。保尔的哥哥——一位猎手（我觉得有这种爱好的人大多很厉害）——是旅馆的总经理，而他母亲则是幕后的重要决策人，她过一段时间就到旅馆来露个面，问一问各方面的情况是否良好。唔，我们到达时这个旅馆的情况可并不怎么良好。介绍材料上讲的每个房间里都配备的电视机实际上根本不存在。可是我正好希望屋里有台电视机。因为我是个记者，必须知道世界上正在发生什么事情！“哎哟哟，原来如此，”吉莎说，“那你为什么老在节目报上查晚上都放些什么电影呢？”问得不错！我承认：晚上看一部好电影我也不反对，当然，是在看完新闻之后。

然而不久后吉莎也得承认：正是这台电视机——稍后给我们搬来了——拯救了我们，使我们顺利对付了那百无聊赖的晚上。不过现在还是按顺序讲吧。第一夜我们过得挺和谐美满。亨利单独睡一张儿童床，躺上去他觉得很舒服，而我和吉莎睡的床尽管软得太过分，倒也还是睡得挺不错。这一回我们可以不必再冒动一动就有把小家伙碰醒的危险，实在太好了！

第二天清晨在早餐桌上，我们发现这家旅馆的客人平均年龄大约有八十四岁。原来这是一家专为退休老人开设的旅馆！这里除了我们再没有哪个家庭是带着孩子来的，也见不到与我们同龄的没有孩子的夫妻。真糟糕！为什么保尔要对我隐瞒他们这家旅馆显然是为退休养老的人服务这一事实？餐厅供应的品种

很简单。尽管如此亨利还是津津有味地大口大口吃着他的小面包，而且情绪异常高涨，因为有一些老太太不断逗他，向他挤眼，有人还伸手拧他的小脸蛋。我们同旅馆中其他客人的交际活动，基本上就限于这些。有一次，一对也来自德国的夫妇坐到我们的桌旁来。两人看上去都五十五六岁光景，穿着旅游服，满脸兴奋激动的表情。他们在我们身上为旅游业找到了两个毫无抵抗力的宣传对象：两人十分主动，自问自

答，啰里啰嗦地给我们出了许许多多怎样到山里去游玩的点子，可惜带着孩子一律无法实现！“哎哟，那个凉风阵阵的山峰，”那女的不断用尖利刺耳的声音叽叽嘎嘎地说，一边说一边用手指敲打着那张铺满了桌面的地图。“你们要是不去那就真的太遗憾了！哦，那一阵阵飕飕吹来的凉爽的风，多么惬意！多么宜人！”我在心里讨厌起这个女人来。

在接下去的几天中，我们逐渐体会到住这家旅馆是干了一件多么愚蠢的事。不错，无法预先料到这个是一次完败。但是我们根本没有经过什么考虑，立马就带着孩子去住旅馆而不去租一套公寓，这就简直是一种弱智的表现。您看，现在我们和孩子住在一个房间里，晚上七点钟以后我们必须轻手轻脚、保持绝对的安静以免吵醒孩子。而要是能租上一套小巧玲珑的两居室住房，那该有多好！那样我们至少能够用正常的音量说话，过上几个正常的晚上了。此外在旅馆住单间完全不可能给亨利做点吃的，中午我们总是必须出去吃饭。但是每天晚上亨利又都得吃他那份特制的糊糊，这种糊糊必须加水和牛奶一起煮才行。于是我每晚就都到楼下酒吧去（餐厅这时还不开门），把待做的那包糊糊粉交给服务员，告诉人家怎样调制，等五分钟，然后端着热气腾腾的一盘子糊糊回楼上来。

这真是太讨厌太麻烦了！特别是我有时得拿着装有糊糊粉的纸盒待在酒吧间里等服务员，这便招来了别的旅客们的窃笑和私语，他们很惊异，想知道这个奇怪的年轻人究竟想吃点什么稀奇古怪的玩意儿！吉莎是不能下去的。由于酒吧间也常有一些过路旅客，要是她独自一人在那里等着服务员给亨利做晚饭，就立刻会有人带着非常明确的意图过来同她搭讪。看来似乎大多数男人都以为一个年轻女人单独坐在酒吧里基本上就是想找男人上床吧。因此，做糊糊的任务自然就完全落在了我的肩上。做完了糊糊我们就去吃晚饭。这顿饭几乎只在我们住的旅馆的餐厅吃，因为这么晚还去比较远的地方游玩，亨利身体会吃不消，而且他很快就得睡觉。哄孩子睡了以后，我们总是躺在床上

看看书或者电视（音量调到最小）。除此以外还能干什么别的呢？外出反正是不行的。白天，我们便急不可耐地匆匆逃出了旅馆，力争能到各处山上稍稍游览一下。但每次多半都是几分钟以后就“打道回府”。这原因或者是由于亨利的小童车已经无法再往前推，或者是我背了一段时间后再也背不动他，再不就是因为他不能由着性子到处活动而突然间情绪变得很坏。这样一来我们就只好改为白天到某几处湖滨去玩，在那些地方可以铺上一张毯子让亨利照样睡他的中午觉和下午觉。这样总算勉强解决了问题。过不久我染

上了流感，大概是因为太生气闹的吧。于是现在连我也大白天的躺在软床上了。吉莎真是烦透了！两个孩子，一大一小，都得她一人照顾。另外就是现在她终究还是躲不脱晚上到楼下酒吧间去的命运，在那里向人说明她不是在等男人，而是在等糊糊！当我三天后恢复健康时，我们感到每天那一次小小的郊游活动简直跟在天上的乐园里没有两样。快快离开这个把人憋死的旅馆吧！不过说句公道话，在那里每天和亨利一块儿吃的几顿饭倒也非常顺利和谐。那批老人对孩子的情绪没有一点干扰。这种情况直到一对夫妻到来后才起了变化：这二位带着一个大约一岁半出头的男孩。这个黑头发男孩非常可爱、非常淘气，吵得人不得安宁。要是他那位被他累得筋疲力尽的妈妈不能在十分之一秒内把面包或者果汁放到他那小小的翘鼻子前面，那么他就总是立马声嘶力竭、震耳欲聋地号叫起来。亨利在一般情况下毋宁说是个喜欢不声不响地吃东西的孩子，所以对这个新来的小伙伴没有什么好感，他觉得这个小伙计简直太粗野了。因此，每当黑头发小男孩大叫大嚷时，亨利也总是和他赛着一起大吼大叫。好家伙，这下子可真够热闹的！不久就连老人们也不耐烦起来，他们不再向亨利挤眼了。我们企图换个地方坐，但没有成功，因为那些老人坚持坐他们各自的“保留席”。我相信他们暗地里还是乐于为这些年轻夫妻和他们的顽皮孩子动点儿情、生点儿气的，因为，说来说去这个地方除了这一点点“生气”之外什么有意思的事情也没有。最起码，我们现在可以免受那对喋喋不休的夫妇大讲什么“飕飕吹来的凉爽的风”之苦了。那两个人一直在躲避和我们见面。

我们发誓今后决不再带儿子去旅馆住较长的时间。特别是因为这旅馆的老板是我朋友保尔的家人，这被证明不但不是优点反而是个缺点，更加坚定了我们的决心。作为保尔的朋友，我们在这里始终受到十分殷勤的招待和照顾。主人经常询问我们是否各方面都没有问题，同样的套话千篇一律地反复讲了多次，弄得三天后我们就感到腻烦。我们每次都非常客气地回答人家，心里却渴望着那种隐姓埋名的自由，我觉得在旅途中这一点是非常重要、非常值得珍视的。我们住进旅馆后第十天，保尔的哥哥在餐厅为他的猎友们举行了一次宴会。人们一直闹腾到深夜，整个旅馆被搅得鸡犬不宁。男士们高唱像《为欢乐而干杯》那一类让人恶心的歌曲，狂斟乱饮，烂醉如泥。到将近夜里三点时，他们又打开立体声音响跳起舞来。那声音大得听起来好像匈奴人发动了一次突然袭击。我心情矛盾至极，无法决定是否要下楼去提意见。因为，我们一方面是付账的客人，另一方面是保尔的朋友，在某种意义上也算是“自家人”了，据保尔所说可以指望从他哥哥那里得到明显的“保尔挚友优惠”。在这种情况下，我们不想表现得太狭隘。因此我就咬紧牙关待在楼上默默地忍受着猎友们的吆喝和喧闹。后来我们终究还是付了旅馆的全部费用，这件事我至今想不通并且耿耿于怀。保尔的哥哥根本就不想给我们哪怕只是一分钱的优惠。我们并不是他的朋友嘛！现在想起来，如果那天饮宴作乐时我知道这一点就好了，那样的话，只消两三句谴责的话语就会像对猎物发出的致命枪弹一样，取得立竿见影的效果：不是立即制止了那场狂野的胡闹，就是我们马上搬出去。

可以想见，这次奥地利之行没有给我们留下最美好的回忆。我们是有点倒霉，但主要是自己在筹划和准备方面犯了太多的错误。我们决心以后再不让这样的事情发生。事实上，另外几次带着亨利去别处度假也都比这次顺利得多。我们带他去了阿姆鲁姆岛[1]两次。这个地方非常适合孩子们去玩，在那里休假两周左右正合适。每次我们都租一套备有儿童床铺的度假村住宅。这样晚上我们便可以安安静静地看看书、聊

---

① 阿姆鲁姆岛（Amrum）：北弗里西亚群岛之一，位于德国北海海岸。

聊天、打打牌、招待招待客人或者看看电视。特别是我们可以立即着手根据亨利的需要对住宅进行一番改装。有时我们租一辆带儿童座的自行车，带上亨利探察巡游全岛，这使亨利开心极了。当然，把他抱到在那里很容易租到的儿童小推车中，推着在岛上到处转悠他觉得更为过瘾。不过我们在阿姆鲁姆岛还有一桩经历，那是我迄今为止在同没有孩子的人打交道的过程中所经历的一件最气人的事。有一天我们去参观一个北海动植物资源展览中心。在那里的大量鱼缸中，各种各样的鱼和海星在自由自在地游来游去。其中一个鱼缸是搁在地上的，就是说，与孩子的身高差不多高。在没有走到这个鱼缸旁之前，亨利一直相当乖地听着我把大大小小的鱼儿指给他看。但当他

发现地上这个鱼缸时，就无论如何不让我再抱着，要求下地，一下来就把手伸进缸里去摸鱼玩。我自然不许他这样做。于是亨利便哭喊起来——声音够大的！根据我一贯的原则是尽可能不让孩子的哭闹打搅别人，于是我马上把大叫大嚷的儿子抱起来向出口处走去。快到大门口时，我们从一对夫妇身旁经过。这两人都约莫四十岁光景，穿着整洁高雅，显然没有孩子。他们颇不以为然地扭头朝我这边看，示威性地用双手捂住耳朵，不住地摇头。我们已经到了外边，又听到那个女的在说话："也真怪了，怎么把这种德行的人也放进来参观哟！"我一听这话立时气呆了。肾上腺素刷地一下子冲进了我全身的血管。在百分之一秒的时间里指标达到一百八十！我马上转身，抱着此时仍在大哭大叫的亨利飞快地跑了回去，把孩子举到那个女人面前，说道："请您指给我看看要按哪个按键才能制止孩子哭闹。"那女人猛然一惊、傻乎乎地瞪了我一会儿，然后就以一种居高临下的语调对我说："要是您不能让您的孩子安静下来，那您当然就得出去啦。""那么，真是见鬼了，我刚才是在干什么来着？"我大叫起来，"我刚刚不是正往外走，免得招人讨厌吗？可是接着却不得不听人讲屁话！"这时她男人挤到我们两个中间来。然而这并不能阻止我，我正在气头上，已经一发不可收拾。由于我在大声嚷嚷，亨利便转而决定中止他那积极扩散强烈声波的活动。他坐在我的胳臂上瞪大惊奇的眼睛看着我。“要是您再把我和我的孩子叫作‘这种德行的人’，那就别怪我不客气！”我继续咆哮着。她男人，那个油头粉面的家伙，正想回答我一句什么，展览中心的一个工作人员已经过来干预这件事：他要我们双方都心平气和地讲话。但是还没有等到三方继续谈这个问题，吉莎就把我推到门口去了。事后我花了好长时间，一肚子气才平息下去。

24. 这孩子将来应当有点出息

——爱和成绩压力之间的关怀和照顾

三年前，一位母亲成了新闻人物。三十五岁的多罗特娅·迪克曼发表了她那部名为《母亲们的私房话——一篇针砭时弊的杂文》的作品。这本书对现代中产阶层的母亲——被作者斥为“小市民气十足的管家婆”——极尽辛辣讽刺、挖苦攻击之能事，以致一时舆论哗然。无论如何，多罗特娅·迪克曼自认为从她与其他做母亲的妇女们的交往中看清了一个事实，即许多妇女仅仅——并且是满怀激情地——认定自己是母亲，而且她们还狂热地、横蛮霸道地强迫每一个新做了母亲的女人都去学会她们那套百依百顺、逆来顺受的为母之道。“她是母亲国中的帝国母亲，”迪克曼夫人写道，“爱是她的投资，权力是她满怀投机心理孜孜以求的资本形式。”接下去她又鞭笞了所谓的“母亲受虐狂，处于这种心理状态下的女人总是跪倒在孩子们的感情和需要面前。”

这本书在用词上故意蛮不讲理、充满挑衅，但讲的都是充满激情的肺腑之言，它所以引起如此巨大的轰动，也许是因为它——不论人们如何批评多罗特娅·迪克曼对含辛茹苦的母亲所作的粗暴辱骂是多么正确、有理——总还包含着一个符合事实的合理内核吧。许多母亲，也包括不少现代的父亲，确确实实只把自己看成父母，把父母当成一个压倒一切的概念而将自己的全部生活都置于这一总范畴的统领之下。我在前面关于孩子出生后大人业余生活的变化那一章中，曾谈到父母在这个时期产生了一种值得称道的吃苦精神，两人都乐于为孩子受苦受累，然而在吃苦受累中却也赢得了一种奇异的乐趣，即“苦中有乐”。但是任何事物当然都有一定的限度。谁要是完全忘记了自己，再没有一点时间用来考虑自己的事，不再能做一个女人或者男人、男朋友或者女朋友，而是只会做妈妈和爸爸，那么谁就不仅使别人不痛快，而且迟早也会对自己和对生活感到不满的。我担心至迟在孩子长大成人、不可避免地自立门户之后，这些“百分百的父母”最终就会掉进某种心理上的“黑洞”里去，剩下的感觉只有：自己是个无用的人、无能之辈！所以我要规劝所有的年轻父母：

一定要两个人（！）都在自己身上花些工夫——暂时把孩子撂下一会儿。这一段“喘息时间”——如家庭和儿童精神病学家马丁·格林伯格的说法——是极端重要的，因为它能帮助你，使你不致完全陷入纯母爱和纯父爱之中而不能自拔。

我妻子和我总是一再给自己这种喘息时间，至少我们经常试着这样做。时而是我，时而是吉莎，单独外出和朋友聚会。有时我们晚上出去看电影，爷爷奶奶或姥爷姥姥来替我们照看亨利，有时我们让他到某个朋友夫妇家去和那家的孩子一块儿玩，那样吉莎总算可以不受干扰地独自一人在她所喜爱的花园里干点活或者做点什么别的事，等等。即便妈妈和爸爸应当是孩子身边最重要的人，但是对于下一代来说，除父母外也同别人接触接触，时不时在没有父母“监护”的情况下过一过“独立”的生活还是很有好处的。特别是我觉得应当给孩子足够的自由活动余地，让他自己去选择朋友和游戏伙伴，从而学习社交行为。那些一定要做孩子“最好的朋友”的母亲们和父亲们，是囿于一种误解。实际上做孩子最好的朋友并不是父母的任务。妈妈和爸爸不可能在孩子的一切生活领域中都是头等重要的人物。朋友必须由孩子自己去寻找，父母尽量不要过多地为他们“预先设定”，规定他们应该交哪一类朋友。我就见到过这样的事：一些号称具有“左翼自由思想”的父母，却在竭尽全力让他们的孩子只同其他父母接受过高等教育的孩子来往、极力避免同“普通人”的孩子接触。为了有更好的前途，他们要让他们心爱的孩子尽可能在一个高文化品位的社会环境里成长。

不仅多罗特娅·迪克曼，另外一些心理学家和社会学家也都越来越频繁地向人们发出警告，要他们当心别变成那种包揽一切的父母，这类人利他主义式的过分关心孩子，会很快地转化为孩子的成绩压力。因为正好这一点是那些完全忘我的“纯父母”们的另一面，即消极面。他们把照料孩子、把整个儿童教育当作压倒一切的毕生任务。他们要为孩子提供最好的条件，为孩子付出一切，这样做相应地对孩子的要求也就更高。美国人大卫·埃尔金德在他《如果父母对孩子要求过高》一书中对这种现象作了生动的描述，他苦口婆心地提醒人们防止那种企图通过儿童早期培养计划把孩子教育成“超级儿童”的妄想。埃尔金德在谈到这个问题时，虽然有点言过其实，但却一语中的、泾渭分明地将父母分成了以下几种类型：

（一）“美食家”型父母。这种类型的父母官运亨通、生活富裕。他们自己经过多年的苦心经营获得了成功，有了一定的社会地位，在日常生活中认为只有最精美、最高级的东西对自己来说才算过得去。“如果美食家型夫妇做了父母，”埃尔金德写道，“那么他们往往用那些使他们在职业上取得成功的方法去教育自己的孩子”，坚信“他们在教育孩子方面能够取得和他们当初筹划自己升迁取得同样好的成绩”。“美食家型父母给他们的孩子穿价格极其昂贵、充分展示显赫地位的衣服，为他们报名参加各种各样的学习班和训练班，带他们下最贵、最高级的餐馆，力图把他们塑造成名声赫赫、众人仰望的对象。”

（二）“文凭”型父母。这是一些出身中产阶层、职业上经常和培养人教育人的机构或者各种传媒打交

道的家长。这些人把让孩子受教育以获得扎实牢靠的知识看得高于一切。在他们眼里，惟有一定的高中和大学文凭才能保证孩子在生活中事业有成、不致虚度年华。他们要让孩子们具有超出常人的智能，拿得出同样超常的学业成绩。于是孩子们还在学龄前就开始听课，接受一定的训练，学习初步的科学思维。“文凭”型父母对学校的教学大纲和教学计划抱有极为浓厚的兴趣，只要孩子得了三分而不是一分或两分回到家里，他们就忧心忡忡。①

（三）“金牌”型父母。这类家长是些地道的“体育狂”，他们千方百计地想把自己的孩子培养成具有参加奥林匹克运动会资格的运动员。这往往是为了使他们自身的平庸和碌碌无为得到补偿。施特菲·格拉夫和鲍里斯·贝克尔②是他们心目中的榜样。所以他们让孩子去“试验”一切可能的体育项目，直到找出被他们自己认为是很有前途的一种，然后心急火燎地请一位教练来制订出目标明确的儿童早期培养方案。

在谈这个问题时，埃尔金德提到一些十岁的孩子，他们在这样小的年龄就已经被一些由于体力消耗

① 德国学校中普遍采用六级记分制，即：一分：优秀；二分：良好；三分：尚好；四分：合格；五分：欠缺；六分：不及格。
② 德国著名的获奖网球运动员。

过度而引起的疾病所折磨着，而这类疾患，通常是年岁较大的成年人才有的典型病症。

（四）“自己动手”型父母。这部分家长为人与自然之间越来越大的鸿沟担忧。诚然，这种类型的家长一般都生活在大城市，但是他们梦想着到乡下一幢木结构的小房子里去生活，他们天天只吃清淡的食物、读生态杂志，把孩子教育成早熟的环境保护者、动植物资源问题专家和憎恨现代技术的人，送孩子到学校上学也非常勉强和反感，恨不得完全由自己在家里给孩子上课，在孩子学爬的年龄就开始这样做。

（五）“加强训练以求幸存”型父母。他们认为，教育的任务首先是教会孩子如何在一个总的说来被认为是与人为敌的环境中幸免于难求得生存。这些父母经常想到自己的孩子可能遇上各种各样的危险，一定要让孩子们学会应付一切客观存在危险的本领。因此他们的孩子在婴幼儿时期就学游泳以防被淹死；他们的孩子从很小的时候起就练武功，以便在受到袭击时能够成功地进行自卫；他们还让他们的孩子到一些商业培训班上去学习如何识别有可能同自己搭腔的坏人。

（六）“神童”型父母。这些家长——他们自己在生活中和事业上就是非常成功的——认为他们生的孩子就是神童，光靠正常的学校教育来培养这样的孩子已经远远不够了，此外父母还必须竭尽一切可能让孩子按照家长的设想得到飞速发展。这些“神童”父母买的是诸如《怎样让您的孩子两个月学会读书》之类的书籍，并让他们的孩子学拉小提琴和学习日语。

（七）“自我体验”型父母。这些人热衷于每一种心理学上的新趋向、每一个新的时尚疗法，嘴里经常挂着的字眼是“整体性”、“摆脱一切束缚”或者“各种社交关系”。据埃尔金德的说法，这类父母中有许多是离异的单亲家长或再婚者，因而对于伴随着分离和失落而来的各种心理负担特别敏感。他们不自觉地将自己的理想转移到孩子身上，希望孩子按他们的心理追求模式成为感觉极其敏锐的人。“他们想要培养出拥有超凡心理素质的孩子，”埃尔金德写道，并且在他们觉得已经有可能时很早就开始同孩子谈论死亡、核战危险、诱拐犯和强奸犯等问题，觉得羞耻心是带有市侩气息的表现。

（八）“牛奶和饼干”型父母。埃尔金德觉得这种类型的家长是很好的，因为他们把童年时期理解为人生中一个宝贵的阶段，不应当给这个时期增加不必要的累赘和负担，据此他们不是制订各种学习计划去促进孩子的发展，而是怀着高兴和惊喜的心情观察着孩子的进步，仅仅给予孩子爱和关心，听凭、顺应孩子自然成长。

当然大卫·埃尔金德的这套分类法是相当粗略的，有些地方失之偏颇，也有点危言耸听。尽管如此，他这个粗线条的类型划分对我还是很有启发的。我在上述的某几种类型中部分地发现了自己，在另一些类型中看到了我的一些朋友和熟人。正因为埃尔金德用一种含蓄的挖苦讽刺抨击了不少人也许会以“总归是出于好心”为理由加以原谅的做法，所以他的意见颇为发人深思。他提出的所有这些父母类型的共同特点是：都想以特别的方式促进自己孩子的成长，使他们跃居常人之上，都想尽可能早地、尽可能全面地按照他们自己的理想模式去培养教育孩子。显然，他们恰恰在这一点上犯了错误。“婴儿和幼儿并不是就干坐在那里等着他们的父母来教他们读书和做算术题，”埃尔金德写道，“他们在花费非常多的时间和气力去发现和了解自己周围这个世界。健康的教育，是去支持、促进这一自发的学习。早早把孩子纳入教学过程之中之所以是一种错误的教育方法，并不是因为这种做法想要教给孩子一些知识和技能，而是因为它要在错误的时间里教给孩子错误的东西。如果我们无视孩子所必须学习的东西，相反却硬要把我们想教给他的那一套强加于他，那就无异于让婴幼儿面临一种丝毫不值得去冒的危险。”

埃尔金德的这部作品应当成为所有年轻父母的必读书。我认为，这个人对儿童是相当了解的。

25. 保尔喜欢玩汽车，宝拉喜欢玩娃娃

——怎样教育女孩和男孩

“真是太奇怪了，”我们的女友萨宾娜说，“我们从来没有引导他去这么做，如果硬要说有什么引导，那么就是朝相反的方向引导过他。可是保尔对汽车简直就着了迷！这种爱好，恐怕怎么说也是男孩子的天性吧：他们总是对跟技术有关的玩具感兴趣。”我听了这话大为震惊。因为，萨宾娜一向被认为是思想很左的。实际上过去她根本就听不得别人谈论什么遗传、什么遗传基因决定行为方式等等论点。“一切都是后天环境造成的！”以前她总是这样说。而现在呢，在一次随便谈到我们两家孩子对玩具的态度时，她居然一下子觉得她的儿子有一种受性别制约的、热爱技术的先天气质了！这是一次小小的世界观上的革命。所有的在场者，其中不少是已经做了父母的，当

即抓住这个话题大谈特谈，热烈地议论起来。那是一个炎热的夏天午后，一批观点、兴趣各异的客人来到我们家的露台上聚会，喝杯咖啡。不过在短短的几分钟之内，大家对下面这个问题的讨论就更加热烈了：在女孩和男孩的行为中，究竟哪些是后天学来的、哪些是先天带来的、哪些是偶然出现的？每个人都发表了自己的见解。吉莎的姐姐阿尔龙异常激烈地反对先天论。她说，人们所认为的典型的男性行为或者典型的女性行为，当然全部都是后天学会的啦。认为女孩子是由于遗传密码而注定喜欢玩布娃娃、一穿上小裙子就感到舒服，这是不折不扣的弱智！一个五岁女孩的父亲听了她这番议论起先只是苦笑，然后便说：可是他对他女儿的行为实在觉得奇怪："我们非常有意识地试着不按一般教女孩子的办法去教育她，比如不让她穿漂亮的小连衣裙，不教她要文文静静的、乖乖的等等。但是我们有什么办法？即使我们根本不愿意这样、甚至觉得这非常糟糕，可小玛丽就是只要穿漂亮的小裙子、跟洋娃娃玩、不喜欢把身上弄脏，还一个劲儿地用一种哄孩子的奶声奶气的声调说话。情况就是这样，你们可以完全相信我的话：我们肯定一点没有教过她干这些！"

吉莎和我也为这次讨论贡献了几个小故事。亨利在“妈妈”和“爸爸”之后会说的第三个字就是“汽车”，尽管我们当时住在乡下一条小胡同里，而大路上开过的汽车又极少极少。但是他并没有先说“哞—母牛”、“狗”或者“猫”，而是先说“汽车”！并且说这个词时是那样带劲、那样投入，我真不知道该怎样来解释这个现象。于是，我大胆向在座的人们发问道：“可是为什么离我们只有几条街的小莉莉，对汽车几乎丝毫不感兴趣呢？”这里请读者不要误会我的意思。我并不想做遗传学说的辩护者。但是我确实观察到了一种现象，即许多儿童的行为恰恰同遗传学俗套所提出的“性别特征说”相一致。甚至就是那些在教育孩子的问题上其实已经很注意摆脱传统模式窠臼的父母，他们的男孩子也往往是些小调皮、小捣蛋，而女孩子则文静、温柔。男孩玩积木造高塔、修铁路，女孩则玩过家家、做饭做菜。当然立刻就有人举出一些相反的例子来反驳这种看法。但是到最末了我们这个小小讨论会的全体与会者还是一致认为我的观察在原则上是正确的。问题似乎只是如何去解释和评价这些观察。可是接下去我们的讨论又兜起圈子来。一部分人继续坚持说男孩女孩在行为上的差别是遗传因素决定的，另一部分人则认为男孩和女孩都是被大人们分别“塑造”成典型的男孩和典型的女孩的。大家的意见自然又无法统一。这也难怪：几十年来教育学家和心理学家一直都在争论这个问题嘛。显然，这里的核心问题很难得到明确的回答。不过，这个核心问题的层次应该提高一步，不能总是超不出布娃娃和玩具救火汽车的范围。在我看来，有相当大一部分所谓的因性别而异的儿童行为恐怕都是大人所教，当然，经常是不自觉的。孩子怎么说也主要是学着大人的样子，特别是学自己的父母。孩子们的游戏、他们的全部行为也总是大人生活的一面镜子。而由于我们这个社会——尽管在男女平等问题上这些年来有了长足的进步——给无论哪个阶层的男人和女人都分配了相当固定的角色，我们也许就不应当对孩子模仿大人扮演这些角色感到奇怪了。粗略说来，这种角色分配大体上就是：男人有一定的职业、是全家的“抚养者”、性格刚强、显示出力量和咄咄逼人的锋芒、拥有工作室和供娱乐用的地下室、鼓捣各种小器物、在全家一起外出时多半担任“司机”；女人则做饭、洗涤、熨烫、管教孩子，体现人身上温柔和易受伤害的方面、“主管”家庭内部的各种情感问题。男人主外不在家，女人则主内总待在家。这样一来，他们教育自己的孩子就必然是依据这种传统的规范。为什么？原因很简单：他们每天的生活本身就是在为孩子们示范传统的模式。有意识地反传统逆流而动是很不容易的。你不知道在这方面究竟可以做到什么程度。对男孩女孩丝毫不加区别，搞“绝对平均”，还是有意识地违反某些过于陈旧的规范之道去教育孩子，这两者之间的界线在哪里？什么时候我把孩子带向一个我愿意、然而孩子也许很不愿意的方向去了？是啊，这都是问题。此外，也并不是只有父母在对他们的孩子进行教育。要是孩子们星期天下午经常在广告画上看见一些小女孩——往往是用虚光镜头处理的劣等摄影作品——在笑嘻嘻地逗布娃娃，没走几步又在另一幅画上看到一些男孩身穿宇航服用激光手枪把一批怪物打得落花流水，那么，家里搞的那套“反布娃娃训练计划”岂不前功尽弃？

那些广告画是在向孩子们悄悄地说：“你看啊，小姑娘就应该是这个样子，小男孩就应该做那样的人！”甚至连学校的教科书也一直还在那里传授有关角色分配的套语滥调和传统的行为模式。我翻过几本这样的教科书。比如在语文书中就有这样的例句：“主任医生缪勒博士正在为一位病人作检查，克丽斯塔护士在一旁做他的助手。”或者是这一句：“马丁爬树，这时他妹妹彼得拉在厨房里帮助妈妈做饭。”为什么不来一句克丽斯塔护士当主任医生？为什么就不

是马丁帮助妈妈？在儿童读物中除《皮皮·郎斯特鲁姆》和其他一些好书之外，在多数情况下也仍然对角色作了明确的划分。一律是：男孩们和男人们有激动人心的冒险经历，是书中的主要人物；女孩们和女人们则总是被保护、被拯救的对象，只能扮演道谢和向绅士们欢呼、鼓掌的角色。

在幼儿园或小学里，情况也差不太多。我们的几个朋友告诉我们：他们在家里施行的“中性教育”，仅仅几个小时之后就在学校中的群体压力下被完全摧垮了。他们的孩子突然又要学校里“大家都有”的东西。他们的“假小子”姑娘，举手投足一下子就变得跟温文尔雅的“小女士”一样了！

我在书上查到：小姑娘还在三四岁时就开始出现某些典型的女子行为方式了。对这个问题，行为生物学家加布里埃勒·豪格–施纳布勒女士的说法是："与同龄的男孩子相比，她们更容易受惊吓、更多地躲避冲突、更愿意妥协，这是在幼儿园对儿童作观察时看到的。与男孩比较，大人也更经常、更早地向女孩提出遇事讲理、和和气气地玩游戏的要求。她们在行为举止上总以母亲为榜样。她们亲眼看到每个小伙伴的妈妈经常都在避免与别人发生冲突、都不喜欢卷入公开的争吵。"

由此可见，存在着一种对不同性别提出不同要求的教育，它为男孩和女孩分别规定了一定的兴趣范围、行为方式和角色，想反其道而行之简直就难得要命，因为，前面已经说过，不仅仅是父母在对孩子进行如何适应社会的教育，而是整个社会都在做这项工作。

当然，在这里我们又给自己提出了这样一些问题来加以考虑：在那些被认为是典型的男子性格特点和典型的女子性格特点中，哪些可以从根本上认为是好的，而哪些是不好的？哪些品行我们可以并应该提倡和发扬，而哪些不如说必须反对和摒弃？要不要培养小女孩具有坚强刚毅、勇敢善战和冲动卤莽的性格？小男孩究竟应不应当在别人欺负他时也表现出易受伤害和敏感的一面？作为父母，我们可不可以干脆就无

26. 又怀上了

——第二个孩子

在我们周围，生育的浪潮似乎卷起了阵阵狂涛。几乎我们认识的每一对年轻夫妇突然之间都有了第二个，甚至第三个孩子！这时亨利已经两岁，而在我们家，一个搅得人有些心烦意乱的问题早已不断在我们耳边响起："我们家到底什么时候也能这样？"每次我们都请求说话人耐心一点，说到底，这种事必须冷静地好好筹划一番才行啊。当然我们两人对这个问题也已经有了较长时间的考虑。说老实话，想有几个孩子，在我们心中一直很明确。但是，要下一个孩子的时间决不应当"定"得太早。我们从朋友处知道，家里有两个抓屎抓尿的孩子是多么累人。此外我们也不想过早地让亨利面对一个竞争对手——不论是个男孩还是个女孩。然而到了现在，确实再也提不出任何理由来反对怀第二胎了。到这个孩子出世时，亨利将差不多快三岁——但愿那时他已经达到“不随地拉撒”的水平！而再要一个小宝宝的欲望和乐趣我们俩反正是早就有了。这也毫不奇怪：看一看我们的朋友圈里那些处处满地乱爬的小不点儿是多么可爱吧！此外——在这一点上我们同大多数朋友意见一致——大家说谁都知道独生子女比较自私、比较不合群，总而言之要教育好比较困难。不过话说回来：这种极端的看法实际上纯属无稽之谈。我查阅过有关的文献资料，发现有为数甚多的研究和考察都驳倒了这种偏见，或者起码是很明显地使它站不住脚。例如，曼海姆的中央心理卫生研究所曾对三百九十九名儿童做过时间间隔为五年的前后两次调查研究，结果表明在独生子女和有兄弟姐妹的子女之间“无论在心理发展方面还是社会行为方面都没有”任何差别。当然，在智力测试中独生子女的成绩要好些。根据曼海姆的调查研究，对心理健康起决定性作用的有家庭内部凝聚力、家庭成员之间相互交往的方式以及独生子女所属的社会阶层等三个方面的因素。也许曼海姆的研究结果中关于独生子女和有兄弟姐妹的子女在社会行为上没有任何差别的说法有些过于武断，其他地方的一些调查研究确实发现了某些差别；但是各处的研究却无一例外地并未发现独生子女有一般认为他们有、并经常列举出来的那些不良品质。例如汉堡大学教育学系的一项分析研究就得出了下列结果：

（一）独生子女待人接物比较和气、自信、更乐意与人交往，因为他（她）们由于没有兄弟姐妹而较早地接触家庭以外的世界。

（二）独生子女往往智力上比较好，语言表达能力较强，因为父母和他们在一起的时间要长些，和他们说话也多些。

（三）反过来，独生子女在遇到家庭危机时比较容易产生一些行为上的障碍，因为没有兄弟姐妹之间团结协商以使危机的负面效应得到遏制。

（四）独生子女在一生中都表现出对事业有比较大的投入精神，上学往往取得较高的文凭。

这些结论中可能有正确的也有错误的，但是无论如何曼海姆和汉堡两处（以及其他许多地方）的调查研究都说明：至少所谓的独生子女有大量坏毛病的说法是不可能符合事实的。持这种看法的人成见太深了。

因此，我认为谁如果只乐意要一个孩子——不论是出于什么原因——谁就不应当被这些成见所吓倒，放弃自己的打算。“如果孩子出生在一个期待着他们到来并给他们保留充分发展余地的家庭中，”格尔哈德·布里尔斯巴赫在《今日心理学》杂志上写道，“那么这对孩子来说只能是好事。年轻父母用不着害怕抚养独生子女。兄弟姐妹和独生子女都需要完成同样的人生使命：将自己从各种家庭约束中解脱出来，以便独立地建立和处理自己的各种关系，同时又要保持对自己家庭传统的忠诚，此外还要学会做父母，在事业上有所成就。”

不过对于我们来说，有了这样一种认识并不能改变我们的决心。我们仍然一如既往，准备要第二个孩子。只是现在谈及独生子女这个话题时，我们变得比较慎重，不再操之过急地发表评论罢了。

这就是说，与亨利的情况不同，我们的第二个孩子是从总战略高度出发作出计划的。这样我们便把所有的避孕工具一律打入冷宫，不必再小心翼翼，而是充分享受性生活的美满了。但是我们期望的结果并没有立即出现。两个月过去吉莎却没有怀孕。这事本来没有什么大不了。可是吉莎听说过有很多女人生了第一胎后就不再怀孕或者不易怀上第二胎，这使她马上担心起来，怕自己已经没有生育能力了。幸而在我们没有采取避孕措施的第三个月事情成功了，于是这个话题便自然而然地从议事日程上消失了。

那是一个星期天，吉莎没有来例假，我们就又做了一次妊娠测试。当时，亨利在玩着他的积木小火车，我们两人躺在床上等着测试结果。这一次是吉莎第一个跑过去看。因为她看那个小试管稍微早了一点点，所以还不能立即看清显示。但是几分钟后情况便一目了然：又怀孕了。不过，看到这个结果在我们身上引起的反应却是一种几乎令人不安的泰然自若、毫不动情的感受。要是我回想一下第一次的情形——我的老天，我们当时是多么“激动万分”啊！看到吉莎怀孕，我们俩都有点觉得惊奇、不可思议，但是这一次，我们是怎么也动不了感情，迟迟也来不了那种对生活作一番深沉的总结和激动的反思。在亨利和这妊娠测试的结论之间，简直就横着十万八千里！也许，我们是下意识地想保护自己吧。因为，在我们的朋友和熟人圈子中，恰恰都是第二胎在头几个星期里就流产了。要是这种“夭折”发生在很早的时候，父母对未出生的婴儿还没有建立起比较强烈的情感联系，那么根据我的观察他们还是能够较快地抚平情感上的创伤的。“哎，也不过才是个小小的卵子罢了，”我们的一个女友这样说，她希望下一次能够成功。当然，尽管这样想，她和她丈夫还是有些害怕：到那时候说不定又会出点什么纰漏吧？人的身体本来就不是一部只要经常注意好好

保养维修就一点毛病不会出的机器嘛。有时候一个女人的身体就是认定了这一个受精卵恰恰现在不大合适，要把它排出体外。对这个，人唯有接受一法。话说回来：我们认识的那些女人，在经历了这样一次“小小卵子夭折”事件之后，下一次便什么问题也没有了：她们都又生下了健康的孩子。

所有这些我们都没有忘记，或许这也是为什么我们没有过早为测试结果感到兴高采烈的原因之一吧。吉莎也明白无误地说出了这一层意思，她用一种有点不大合乎医学原理、却像个业余园艺家那样的口吻说道：“种子种下去还得看看能不能扎根呢！”当然，不管怎么说我们心里还是高兴的。第一是因为现在事实证明吉莎能再次怀孕（其实这一点我从来不曾怀疑过），其次是因为虽然有各种各样的疑虑，但从现有迹象来看，这一次妊娠过程会很顺利，只是还没有确定的把握罢了。因此我们就觉得应该先不要过分高兴，而是冷静地观望一阵再说。

这种局面持续了几个星期后也仍然没有太大的变化。与第一次怀孕不同的是，这次吉莎经常犯间歇性呕吐和腹痛，弄得她心情相当烦躁。要说这个正在慢慢长大的肉块就是我们的“孩子”，现在还非常抽象。由于很容易失去它，我们就先不把它设想成一个人，并且推迟了取名字的时间，还表现出一副对此可有可无、泰然处之的样子。只是当吉莎在为她作检查的妇科医生那里第一次听到了胎儿的心跳时，她才允许自己对小东西产生爱心和柔情。此外，在接近第三个月末尾时，她的身体又发生了那种对我来说非常肉感的变化。她已经开始有些显怀，乳房也变得更加丰满了。我突然间又清晰地回忆起我可以从触觉感知亨利在母腹中最初躁动的情景、超声波检查的一幅幅画面以及儿子在吉莎肚子里胡乱折腾时我同他的多次“对话”，到这时我才渐渐开始感到真正的喜悦。头三个月已经差不多顺利度过了，我热切地希望胎儿“真真正正扎下了根”。我们挺希望要一个女孩，品种齐全就是很理想嘛，不过要是男孩当然也不错。“主要是健康就行”，又一次成为我们的信条，我们心里也确实这样想的。我们两人的父母和朋友们对我家现在快有第二个孩子这一信息的反应，是一种颇有分寸的、持重的喜悦心情。幸而没有人表示担心我们是否能顺利生下这个孩子等等。看起来大家都觉得我们到目前为止带亨利是相当成功的了。在这一点上我可不想向任何人提出反对意见。我们的儿子呢，幸好现在还一点也不明白他所面临的这桩对他不甚美妙的事情。我们不断地指着妈妈的肚子说“小宝宝”，亨利认为这是在开玩笑，他见大人笑觉得自己也应该笑，于是哈

哈地傻笑一阵，然后便又回过头去兴致勃勃地干他大肆破坏 CD 唱盘盒和照相簿的勾当去了。唔，他不久后就会弄明白：他不得不同这位“二号人物”分享爹妈的疼爱！而这，恐怕免不了要生出一些气恼和麻烦来哟。

附　录

我丈夫怎样做父亲

——吉莎撰写的、从她的视角看问题的一章

凯斯特这本书的第一个读者当然是我了。不管怎么说，这里面也有很多篇幅是关于我的。每当他写完一章，就打印出一份来给我，我从头到尾仔细地读一遍，同时加上我的批注。还不仅仅是这样。有几次我也向他提出我对某些地方的反对意见。而他则强调说这本书终究还是从他的观点和视角出发写的嘛。但是他又不愿意完全无视我的批评意见（多好的人啊！）。于是最后我们作出决定：我在他这本书中单独写一章，在这里就可以从我看问题的角度出发来谈谈对这件或者那件事情的看法了。好，现在已经到了由我来陈述自己对一些问题观点的时候，可是我却完全不知道该从哪里说起。或许先从总的方面说几句吧。我对作为父亲的凯斯特，总体来说是相当满意的。他这个爸爸当得很不错。要是看看别的一些处在与他相同地位的男人，那么我对他已经非常知足。请看，他也完全和我一样给亨利换尿布和伺候亨利睡觉，像这样一类事情我根本就不需要同他讨论。尽管如此，我们之间当然也还存在着很多意见不一致的地方，在这些问题上我希望他有所改变才好。

比如，当我已经怀孕时，有一次我就对他相当恼火：他在那里拐弯抹角地暗示说希望我将来生完孩子后还像原先一样地靓丽、迷人。哦，他希望我这样！多新鲜啊，我难道就不希望？！可我觉得这一点非常典型，男人们都是这个德性：离老婆生孩子还有好几个月，就已经在忧心忡忡地害怕将来这儿的一条妊娠纹或者那里的一条妊娠纹兴许会“丑化”自己老婆的体形！我一生气，他就一千次一万次地向我道歉，说这不过是他脑子里的一个闪念罢了。但是我不管什么闪念不闪念，反正朝我这个方向发出的信号已经到位：你要注意你的体形！这纯粹是个多余的要求！就好像我愿意生完孩子以后拖着个又胖又蠢的身子，伤心地耷拉着脑袋上街去转悠似的！不过这个话题就到此打住吧。后来关于体形的话题就再也没有提到议事日程上来，这样也就很好了。

当我怀孕已经成为明白无误的事实时，我们两人曾经相当认真、非常投入地仔细研究过这个问题。

我现在还记得很清楚：凯斯特相当快就开始反对一切在他看来很有可能使我们采取“另一种可能的分娩方式”的做法。他这种态度有时使我感到心烦。当然他也希望我生孩子尽可能“柔顺”、不愿意让我和他自己都去面临那些所谓的器械医学的强制措施。但是另一方面，当问题涉及各种不同的分娩方式时，他也完全不能表现得特别开通。事实上他是想做十全十美、根本办不到的事：既要最大限度的安全，又要温馨柔和的气氛；既要生孩子后马上带着孩子回家，又希望千万别太早回家；既要一个很好的孕期培训班，又希望千万别来远东式的睿智，等等。他这个人老是过快地给一些事情定性、下断语，这有时让我感到很不痛快。他不是非常详细地描述了我们在那些“戴土耳其头巾的人”那里第一次参加孕期培训班遭到的惨败吗？他写得很符合实际，甚至没有丝毫夸张之处，尽管有的地方读起来感觉有点夸大。但是，他说他后来经过非常痛苦的思想斗争才勉强和别人一起练了一点点入静功夫，我当时就觉得真是难以理喻。至于我，我感到我们那次参加“瑜伽大师”们教授练功的经历是件非常开心的事。男人们竟然老为这些鸡毛蒜皮的小事烦恼，真是可笑！

凯斯特也简略地提到了后来我们在参加玛丽安娜的孕期培训班期间有过的那些争论。或许这一部分他写得还不够细，要是我，写起来也许会更详细一些。因为，在那段时间里我们确实有几次已经吵得天翻地覆了。直到今天我都还觉得他那时太会装蒜，太忸怩作态。那种生怕自己作为男人会出丑、会贻笑大方的恐惧心理，我到现在也不能完全理解和体会。特别是在我知道了参加其他培训班的别的男人不得不跟着做不少别的动作，玛丽安娜在照顾男人的心理方面可以说是属于温和型的女教师之后，更觉得他不可理解了。不过这也没什么关系。最终凯斯特还是好好地参加了各项活动，并且末了他自己也认为这个培训班非常带劲。

但是直到最后他还是受不了培训班上那两个百分百的“超准爸爸”，在他眼里，那两个人是想做比母亲更好的母亲！他这种态度我觉得也太过分了。我不明白他为什么对这种类型的人会动那么大的肝火，好像生这些人的气他还觉得挺好玩似的！当然，在回家的路上他总是没完没了地嘀嘀咕咕、骂骂咧咧，后来也搅得我心烦意乱。

好了，现在再说几句好听的吧。“孕期及产后的性生活”总的说来对我们俩确实没有任何问题，只有一点要补充说明，那便是我那时觉得自己的身体有点臃肿、没有线条，从而感到自己当时仅仅是“中度性感”。凯斯特对这方面表现出充分的理解，不过，说句老实话，我原先对他的期望也是这样。每当听到别的一些男人在这个问题上都要求很高时，我只觉脊背发凉，不寒而栗！

生孩子的那天我当然一辈子也忘不了。凯斯特非常激动，激动到他这个司机几乎连路都找不着了。但是在分娩时他帮了我的大忙。他真正算得上是一块在惊涛骇浪中巍然屹立的岩石哦！只可惜过后他那杞人忧天的本性又原形毕露了，就问起——我觉得太婆婆妈妈——亨利是不是真正很健康、他为什么有一双非常可笑的眼睛之类的问题。而实际上亨利的眼睛根本就不可笑。唯一可笑的是我这位先生，这位在顺利分娩之后显然有点昏头昏脑的老公。不过这没有关系。在家里我的切身感受是得到了他和我们的助产士希尔克两人无微不至的关怀和照顾。凯斯特当时有整整四个星期的休假，这真是太好了！说实在的，我简直不能想象有的男人居然在妻子分娩后几天就想（或者不得不）去上班。对我来说，我丈夫现在一直待在家里、待在我身边完全是理所当然的事。

凯斯特尽了最大的努力去完成由于强度非常大而感到很不习惯的家务劳动，但是有时候他也有点呆头呆脑、糊里糊涂。您看，操作洗衣机怎么也不能说是件难事吧！到了这时我才发现：他确实不知道该怎样洗颜色不同的衣服，这一点我觉得真是有些不好意思！当然只是对我们两个人而言。我们总想成为一对具有现代意识的夫妻，而这里一下子暴露出我们还囿于一些旧的传统分工，这恐怕需要好好考虑一下，加以改变。但是由于我母亲的大力支持和帮助，我和亨利倒是什么都不缺。我们的客人很多，这一方面使凯斯特感到高兴，另一方面也搞得他疲惫不堪。因为这样一来他就经常提心吊胆，生怕某人可能会把什么病传染给亨利。当有人一边咳嗽一边上楼到亨利和我睡的那个房间来时，他大概恨不得马上往那人嘴上捂一个口罩！我倒不像他那样忧心忡忡的，但我也拿不准究竟应该让患感冒的人离开孩子多远才算合适。凯斯特的父亲和母亲那些天都患了重感冒，他们甚至只获准站在一道玻璃门外看亨利几眼，这一措施使老两口心里——恐怕不是完全没有道理——有点别扭，不大愉快。但是现今的年轻夫妻就是有那么点儿过于敏感，对此人们得有几分理解吧。不过说到惧怕心理，凯斯特在这个问题上有时确实又太放纵自己、走得太远了。如果不是他本人或我而是任何别人抱着亨利，那么他有时候简直着急到坐立不安的地步，甚至跑去“教”一些已经有了三个孩子的妈妈应当怎样抱孩子！不过在这里我也要为他说一句好话：确实有那么一些人，这些人与婴幼儿打交道显然生来就是笨手笨脚的。他们抱孩子，的确老是让孩子耷拉着个小脑袋，因为他们总忘记托着孩子的头，这号人抱着的孩子就像凯斯特有一次很传神地说的，常常是一副“软疲沓沓、垂头丧气”的模样！

但是，凯斯特有时在向别人提出好心劝告时做得又太过分了。有一次，他把他母亲简直弄得非常难受：这个儿子竟然一本正经、煞有介事地要她抱着亨利上自动扶梯时“千万必须小心谨慎，来不得半点马虎！”听了这样的“谆谆告诫”施伦茨太太气得直摇头，不过当凯斯特发现自己说的完全是废话时，他答应以后一定改进。

我当然也在为我们的儿子担惊受怕。有时这种心理使我精神负担很重。我甚至觉得：做父母唯一的缺点便是会突然产生非常强烈的“失落恐惧”。可是不论我什么时候遭到这种恐惧心的袭击，我都竭尽全力将它压下去。凯斯特在这方面比我的困难更大。那种可能因为疾病、事故或者别人的不慎而失去亨利的念头，经常都在折磨他，成了他一个沉重的负担。在这方面他还需要再多多加强自己的修养，否则恐怕会把自己弄得发疯的。我一方面很高兴他对我们的孩子总照看得非常细心、周到，可另一方面我觉得这也不应

当发展到简直就不相信别人能看好幼小孩子的程度。遗憾的是一两次负面的经历又使他那看问题过于挑剔的毛病有所滋长。有一次，亨利利用那个临时请来的保姆在花园里干活的时机，一下子不知溜到哪里去了。后来是我们的邻居从窗户往外看，见他在门外一边嘻嘻哈哈笑着一边叽里呱啦说话，这才去把他抱了回来，否则小家伙很有可能就跑到附近的大马路上去了。凯斯特知道了这事以后急得差不多要发疯。我觉得这种反应完全无可非议。当然，我们必须做到信任临时保姆，相信她们对自己的工作是会抱着非常必要的认真态度的。但是，用“我只是想很快地搬几样东西，然后就腾出手来看孩子”作遁词搪塞，没有采取任何防护措施并让孩子跑出自己的视线以外，这样的做法无疑是玩忽职守，是决不允许的。这样一些经历，自然就促使我丈夫更加觉得：在关系到孩子安全的问题上，其实任何其他人都不可以信赖。我对这个问题的看法有点不同。我认为，如果同一切有关的人好好把发生的事情谈清楚，那么这类事情肯定就不会再发生了。人是不能一辈子都对别人抱着不信任的态度的。

虽然凯斯特事前夸下海口，说我们的小家伙决不会从五斗柜上或者高脚椅上摔下来，但是不可避免的那些“小事故”在我们家还是发生了。自那以后，他就不那么随随便便不加考虑地去责备别人。幸而从开始直到现在一直有一个保护神在守护着亨利：在所有这些小事故中他都没有被磕着碰着什么要紧的地方。我们非常希望今后这种情况仍保持下去。

现在我们两人怀着一种心满意足、泰然自若的心情观察着亨利的成长。幸而凯斯特在“有关生长曲线的恐惧”一章中所写的那些东西他自己也在注意。我们是不会让自己给吓疯了的。亨利的确不是各方面进展得最快的孩子，但他是个非常讨人喜欢的小家伙，而且不断在进步着。至于他的这些进步是不是和教科书上要求的那些完全符合，我们根本就不想去操这份心。

但是在孩子接种疫苗的问题上我们意见并不一致。凯斯特简直就是个——他怎么可能还会有另外的表现？——“绝对安全狂”，他要的是对孩子作最大限度的保护。我呢，对接种有一点点保留，总考虑是否可以免去一两种，因为我认为并不是每一种疫苗都很有必要，接种肯定存在着一定的冒险性，而且不是每种病对孩子来说都“只”是一次负面的经历。我们的争论一直持续到今天。现在我们正在讨论一个问题：要不要给亨利接种预防麻疹、风疹和腮腺炎的综合疫苗？我本来不想让孩子接种这种疫苗，但凯斯特顽固得很，非做这事不可，没完没了地翻出医学报纸上登的一些医生的警告给我看，责怪我想去冒不必要的风险。好，看看我们这一次怎样统一意见吧。

在“犯横撒气和担忧害怕”那一章中，我丈夫描述他有几次保险丝断了，“到了爆炸的边缘”，对亨利声嘶力竭地大叫大嚷。对此，我当然不会向他发出欢呼。但是第一，这种事很少发生；第二，在大多数情况下我能够对他有几分理解；第三，我自己也不是总能控制得住情绪的。除此之外他也的确有了长进，近来已经能够很好地控制和约束自己了。

现在他甚至把一些我不知道该怎么干下去、很烦人的活全部揽到自己身上，在做这些事情时证明了他有钢铁般坚强的毅力和耐性。请您试试每天晚上给一个哭叫着的孩子刷牙，体会一下这种工作是什么滋味吧！我们为了使这件事“和平”地进行下去真是绞尽脑汁。具体说来是这样：我们先耐心地对孩子演示一阵，然后便连哄带求地设法将一把小小的儿童牙刷伸到他嘴里去。对此亨利“坚定不移”地加以拒绝。最后凯斯特通过先允许亨利给他刷牙然后他再为小东西刷牙这样的办法才达到了目的。亨利又怎么给他爸爸刷牙呢？据凯斯特说，小家伙有好几次把牙刷“一直捅到他的软腭后面去了”。后来，不知什么时候这种“对等刷牙”的办法又不灵了，于是凯斯特不得不先为亨利的玩具熊、过一阵又为玩具青蛙、最后则为亨利心爱的小河马立立刷牙，这才能让亨利张开嘴。后来这些也都不能奏效，亨利一见要给他刷牙撒腿就溜，那时候就得采取比较强硬的手段了：凯斯特干脆将这个小顽皮捉过来抱紧，硬掰开嘴把牙刷伸进去很快地在牙面上刷上一两个来回。在这以后，每次我们为他刷牙时他就总是大叫大嚷并不断捣乱，但也还是不再作别的反抗而忍受着大人为他保护牙齿。是呀，凯斯特这个以前在碰到小得多的麻烦时总憋不住要发火的人，现在做起这些烦人的事情来居然有了天使一般的耐心，这真是使我觉得非常奇怪！他现在确实能更好地控制住自己的情绪了。

他也花费了一些工夫才认识到：我们的住处现在因为有了孩子而不可能再像以前一样整齐清洁了。起初，当亨利把糊糊洒得满地都是或者把玻璃杯打碎时，他还老是嘟嘟囔囔、嘀嘀咕咕的。后来他终于咬着牙对我们两人的共同信条表示了认可：符合孩子需要的家总是脏兮兮、乱糟糟的。不过我知道，对这种情况他心里比我还要难受些。正因为这样，他的工作室现在比从前更清洁、更整齐了，可以说是一种弥补吧。然而自从亨利知道怎样开这个房间的门以来，小家伙也开始向这片新土地胜利大进军了。到目前为止他已经在这里——凯斯特竭力反对也白费力气——建立起了他的几个玩具库。从这一批“桥头堡”出发，他也将成功地征服家里其他尚未被他占据的领土。这一点我看绝对不成问题。

幸而凯斯特从来没有真正地妒忌过亨利或是我，起码他没有在我面前表露过这一点。我知道他有时候羡慕我有非常多的时间可以和亨利在一起，而他常常不在家。但他周末和晚上总在家里，并竭力弥补这一不足，对我们的儿子照顾得无微不至。小家伙用一些真正是让人心疼至极的反应来答谢爸爸。每天早晨，当凯斯特离家去上班时，亨利就跑过来让他蹲下，揪他的两只耳朵，然后用满是哈喇子的嘴亲他一下并怪声怪气地说："见见（再见），爸爸！"紧接着便是一个不断挥手告别的依依不舍的场面。那样子看起来活像一部千篇一律的家庭连续剧中的镜头。但是我知道，要是亨利以这种方式同他道别，或是在他晚上回家来儿子高兴得立刻就想在沙发上打闹、折腾一番时，凯斯特心里是乐滋滋，美得不得了。

当然，自打亨利出世以来，我们的业余生活发生了极大的变化。关于这一点我丈夫已经作了很详尽的描述。我感到庆幸的是亨利是一九九一年出生的，而不是比这再早五年。我想，如果孩子早生几年，那么要凯斯特限制和削减自己的自由活动会比现在困难得多。今天他在这方面安排处理得已经很不错。可是他终归还是要和他那帮哥儿们讲义气，每两周要和老朋友"聚赌"一次，整晚整晚地和他的好朋友马尔克嘻嘻哈哈笑破肚皮，要不就是同他的"四人帮"一起出去玩，另外三个人也全是记者，他经常和这几个人在一块儿胡吃海塞、胡说八道，特别是没完没了地胡吹瞎侃，外加瞎胡闹。对了，此外他还有他的本职工作，那份工作一点也不单调乏味，而是使他的生活令人羡慕，充满了变换和多样。有时候我觉得正是因为这一点，他对我和我的处境才往往不够理解。是呀，虽然和亨利待在一起对我来说是件特别美的事，但是这总归也意味着不得不整天守着家，几乎不能为自己做点什么事，而这就会让人心烦透顶。唔，让你烦躁得要命。不过，恐怕只有每天亲身体验这种生活的人才理解这一点吧。上班工作的男人们很容易以为：其实他们自己干的才是“正经”工作，而女人在家里却总是有点磨磨蹭蹭地干些不太要紧的事罢了。在这里我决不是想把这种观点强加到我丈夫的头上。但是他偶尔会从这个看问题的方向迸出那么一星半点儿的意思，而这一点点也就足够气我的了。慢慢瞧吧，看我们是不是会将“抚养人”和“家庭主妇”这种角色分

分工长期保持下去。其实我倒并没有这个打算。要是哪一天我真的考虑成熟，又想去工作了，那么我们两个肯定是会有一些非常有意思的讨论的。就是说，到那时凯斯特就将亮出他的底牌，显露出他作为“现代派男人”的自我理解究竟达到了什么高度。我将拭目以待。

图书在版编目（CIP）数据
嗨，爸爸！：初为人父/（德）施伦茨著；赵蓉恒
译；（德）克尔斯腾插图．—上海：上海译文出版社，
2016.3
ISBN 978-7-5327-6934-6

Ⅰ．①嗨… Ⅱ．①施… ②赵… ③克… Ⅲ．①纪实文
学－德国－现代 Ⅳ．①I516.55

中国版本图书馆CIP数据核字（2015）第038001号

图字：09-2014-818号

嗨，爸爸！——初为人父
〔德〕凯斯特·施伦茨　著　赵蓉恒　译
〔德〕德特勒夫·克尔斯腾　插图
责任编辑/庄　雯　装帧设计/胡　枫

上海世纪出版股份有限公司
译文出版社出版
网址：www.yiwen.com.cn
上海世纪出版股份有限公司发行中心发行
200001　上海福建中路193号　www.ewen.co
上海文艺大一印刷有限公司印刷

开本787×960　1/32　印张10　插页5　字数157,000
2016年3月第1版　2016年3月第1次印刷

ISBN 978-7-5327-6934-6/I·4198
定价：35.00元